文春文庫

きみは白鳥の死体を踏んだことがあるか（下駄で）

宮藤官九郎

文藝春秋

きみは白鳥の死体を踏んだことがあるか（下駄で）

1

恥ずかしいことを書こうと思う。

たとえば学校で友達とテレビの話なんかしてて、そのあと家で『夕やけニャンニャン』観てたら、自分がなかじーのことずっと「なかじん」と呼んでいたことに気づいて、恥ずかしさと取り返しのつかなさで夜中何度も思い出しては枕に顔を埋めて「うあ――っ!」と叫んだ、程度の話を書こうと思うんですけど、どうですかね松尾さん。

そう言いかけてやめた。

松尾さんは隣の席で、酔っぱらいメイクで小説かシナリオかコラムを書いている。酔っ払って文章を書く人はいても、酔っぱらいメイクで文章を書く人は松尾さんぐらいだろう。かくいう僕はキリストのメイクで昼ドラを書いている。

ここは劇場の楽屋。僕は東京で演劇をやっている。

おかげさまでそこそこ忙しく、今もこうして衣装を着て、メイクを終え、時間が余ったので全然カンケーない仕事をしている。開演五分前だというのに。

「宮藤さ、小説とか書かないの？」

松尾スズキさんにそう言われたのはつい十五分ほど前。

「あはい、じゃあ書いてみます」

そう答えたのが十分前。

キリストが酔っぱらいに薦められて小説を書く。聖書にも記されていないことが日常的に起こるのが演劇界だ。

僕はパソコンをインターネットに繋《つな》いだ。

「なかじー」とはおニャン子クラブ会員番号五番の中島美春であることぐらい、昭和四十五年生まれならネットなど使わなくても知っている。

ちなみにおニャン子クラブが仙台のデパートの屋上で握手会をやった時、伊藤という、中学でもっともビーバップな一コ上の先輩に「どげこの！」と火であぶった百円ライターの金属部を腕に押しつけられ、朝五時から並んでキープした最前列をあっさり奪われたうえに「なかじーよう、さっきからずーっと、おらのごど見でるど思わねぇが？な、な、な」としつこく同意を求められ、あまりのシンナー臭に「はい」と答えたが実際は一回も見てないし、もし見たとしたら伊藤先輩が着ていたピンクと紫のタンクトップの、それバドミントンのネットか？　ってくらい目の粗いメッシュの生地が珍しかっただけだろう。

中学の頃はシンナーを吸う吸わないが校内での立ち位置にモロ影響していたように思う。もちろん僕は吸わなかった。が、売ったことはある。二千円で。その話は書かない。ただ中二の文化祭で、小野寺という伊藤先輩ほどビーバップじゃない先輩が、シンナー吸いたて状態で登校して来て、校庭でフォークダンスを踊っていた全校生徒を、やはり「どげこの！」と一喝して蹴散らし、スピーカーから大音量で流れる『ジンギスカン』に合わせて黙々とツイストを踊り始めたのを見て、吸うのも売るのも良くないと身にしみて理解した。

「じゃ、よろしくー」

松尾さんが楽屋から出て行った。酔っぱらいを表現する上で欠かせないアイテム、折詰めの寿司をぶら下げて。

この「寿司折ブラブラ」という酔っぱらいスタイルを発明した人は偉大だ。登場して一秒もかからず、観客はそれを酔っぱらいと認識するのだから。もし特許を取っていたら大儲けだろう。寿司折ブラブラ御殿が建つに違いない。寿司折ブラブラで建てた家に寿司折ブラブラさせながら帰るのだ。

やばいやばい時間がない。もうすぐキリストの出番だ。

酔っぱらいとキリストが立て続けに登場する芝居を書いた松尾さんが、数ヵ月後には僕が書く芝居に役者として出演する。ありがたいことにそんな関係が何年も続いている。そして今度は小説。ありがたいけど恥ずかしい。

じゃあ恥ずかしい話を書こう。自分の中学から高校時代をモチーフに虚実おり交ぜ、いや虚8実2ぐらいで書いてみようと思った。今。発泡スチロール製の十字架を背負いながら今、そう思ったのだ。

内容はまったく白紙だ。でもタイトルと、小説なのになぜか松尾さんの役が決まった。

タイトルは、

『きみは白鳥の死体を踏んだことがあるか（下駄で）』

松尾さんの役とは、

『白鳥おじさん』

①

一九八六年冬。

宮城県と岩手県の県境にある小さな町で、僕は中三から高一になろうとしていた。

今さらだが、この「僕」という一人称がもう恥ずかしい。なぜなら当時の僕は自分のことを「おら」と呼んでいたからだ。

伊藤先輩も小野寺先輩も、名前は忘れたがちょっと好きだった岡田有希子似の図書委員の子も、「おら」だった。僕なんて言おうものなら「ぼぉくぅ??」と、眉間にクッキリ皺《しわ》を作り、黒目を高速で上下させながら、ファッションチェックさながら、こっちが「おら」と言い直すまでキスする勢いで顔を近づけて来る。あの恐怖を思うと、一人称は「おら」で通したいところだが、読者の大部分にとって「おら」と言えば「悟空」か「しんのすけ」か「こんな村いやだ」だろうから、ここは「僕」で統一させてもらう。

ただ記憶にとどめておいて欲しい。テレビドラマで都会にはびこるカラーギャングの抗争やら、落語を通して江戸文化やらを若者目線でリアルに描いたことになっている宮藤某は、十八歳まで東北の片田舎で自分のことを「おら」と呼んでいたことを。現在三十六歳だから、ちょうど人生の半分を「おら」で過ごした正真正銘の田舎者であるということを。

で、きみは白鳥の死体を踏んだことがあるのか。下駄で。

突然すいません。話が逸《そ》れたので焦っています。

「ある」という人は、もうこの先は読まなくて結構。そんな暇があったら懺悔して欲しい。猫やカエルの死体ではない。スワンだぞ。命の尊さは一緒でも見た目が違う。

まして僕の生まれた町は白鳥の飛来地として有名で、白鳥《しらとり》という苗字が多かったり、名物が「白鳥の卵」という甘ったるい菓子だったりする、いわば人間より白鳥が偉い町である。

白い翼を広げ冬空を優雅に飛ぶ白鳥の群を日常的に見て育った。

近所に通称「白鳥おじさん」という、頼まれもしないのに白鳥の餌付けをしているオヤジがいて、川の土手に彼が現れただけで百羽以上の白鳥が「ケーッ！ ケーッ！」と鳴きながらスイスイ泳いで群れ集まる光景は神秘的で壮観だった。学校帰りに橋の上から眺めると、白鳥おじさんの前に純白の羽毛の絨毯《じゅうたん》が敷かれたようで、白鳥に崇拝されるという生き方も悪くないな、と羨ましく感じた。

橋から歩いて二、三分の、さびれた商店街にある文房具屋が僕の家。狭苦しい店内に入ると母ちゃんがボールペンに混じったシャーペンを一本一本抜き取りながら小刻みに頭を振っていた。

これは二割しかない本当の話だが、うちの母ちゃんは集中したり緊張したりすると頭がプルプル震える体質なのだ。「病気ではねぇ」と本人は頑なに言う。だから医者には診せてない。扇風機を首振りモードにしておいて手でガッと押さえつけると、扇風機がビックリしてガタガタっと振動する、あの現象が連続して起こると思っていただきた

①

い。「写真を撮ると一人だけ顔がブレることがある」と、悩みなのかネタなのか分からないことを言う。

「おかえり、しゅん、菊ちゃんだの来てるよ」

菊ちゃんとは近所の自転車屋のせがれで、小学生の頃から行動を共にしている、いわゆる親友。

「だのって、菊ちゃんと、あと誰？」

「んーと、んーとねえ」

母ちゃんは菊ちゃん以外の友達の名前を憶えられない。というか憶える気がない。それを知ってて僕はわざとしつこく聞く。

「菊ちゃんと、あとー、しば、しば、しば……た？」

「柴田なんて友達いねえよ」

「いねぇか？　ほらバスケ部の……し、し、しゅん？」

「しゅんは俺だ」

「しばー、しばー、しばしばー……」

プルプルは一気に加速し肉眼で見ても母ちゃんの顔がブレはじめた。

「あ、揺れてる！　しゅん、今お母ちゃん揺れてるっぺ、ちょと待で止めるがら」

近ごろは揺れをコントロールできるらしい。

「冷蔵庫にリボンシトロンあっからね、ちゃんと勉強しらいンよ」

そう言って母ちゃんは頭プルプルしながらボールペンとシャーペンの選別を再開した。

家の奥にハナレがあり、週末は母ちゃんが日舞を教える稽古場として使っている（不思議なもので、踊っている時はプルプルしないらしい）。

平日のハナレは友達のたまり場と化していた。

階段の下に見慣れた靴が三足ある。菊ちゃんと、ゲンとサッサンだ。誰だよ「しば」って。

①

「しゅん、おめぇ、一高さ行ぐのが？」

タバコの煙が充満した八畳の応接間、コタツの上で麻雀牌をジャラジャラ混ぜながらサッサンが言った。

僕は麻雀のルールを知らない。だが、それを突っ込まれたことは一度もない。四人とも知らないからだ。雰囲気でやっているから誰もアガれない。テレビからは岡田有希子の口紅のＣＭが、ステレオからはスネークマンショーの『死ぬのは嫌だ、恐い。戦争反対！』が流れていた。

「いや、まだ決めでねえげど、月高かな」

父親はバリバリ進学校の一高に行けと言う。菊ちゃん、ゲン、サッサンは藤高へ行くらしい。どっちも男女共学だが偏差値はかなり違う。そのちょうど中間に位置する月伊《つきだ》達《て》高校は男子校だ。先生は「おまえは頑張れば一高に入れる」と言ったが、僕は頑張りたくなかった。

たけし軍団に入りたかったのだ。

頑張るくらいならガンバルマンになりたかった。進学校より熱湯に入りたかった。

たけし軍団への熱い思いはおいおい述べるとして、何日か前その思いを父親に伝えた。父は仏壇の前に僕を座らせ、たまたま持っていたザルで僕を殴った。痛くはなかったが、なんだか虚しかった。

「月高は自転車通学だべ、毎朝十二キロだぞ」

僕だけ違う高校に行くと放課後のたまり場がなくなるので、三人は月高のネガティブな面を強調する。

「しかも男子校だべ、先輩怖えらしいぞ」

「んだんだ、おらぁやんだ」

「応援団に勧誘されだら地獄だぞ」

「んだんだ、藤高のヌルさが最高だ」

しかし僕の耳にはほとんど入らなかった。そんなことより僕にはずっと気になっていることがあった。

なぜエレキギターに誰も反応しない！

僕は昨日、エレキギターを買った。

そう、二年近く新聞配達してやっと買ったのだ。『ヤング・ギター』という雑誌の広告で「きみはゲイリー・ムーアになりたいかい？ それともリー・リトナーかい？」というコピーを見て、正直どっちも知らなかったが、ゲイリー・ムーアの鬼瓦のような面構えに男を感じて買ったのだ。

オレンジ色のストラトタイプ。ゲイリー・ムーア・モデル。六万八千円もしたのだ。それが一番目立つ上座に、お客さんのように座布団を敷いて壁に立てかけてある。進路の話なんかはどーでもいい。そんなの学校でしろ。男の子ならまずエレキだろ。自慢したいわけじゃない。ただひと言「買ったの？」でいい、コメントしてくれ。

菊ちゃんが、やっと重い口を開いた。

「バレー部の浅野先輩、月高の応援団にシメられたってよ」

……気づいてないのか？ あまりにも自然にそこにエレキがあるからか？ 試しに麻雀の牌をエレキの近くに落としてみた。誰も拾わない。これでハッキリした。

彼らはエレキを無視している。

いや、エレキに人見知りしているのだ。エレキ見知りだ。

無理もない。部活も受験勉強もせず、かといってシンナー吸うほど堕落する勇気もなく、麻雀を憶えるのも億劫な童貞中学生にとって、このオレンジ色のボディはあまりに眩し過ぎたのかも知れない。さっきからやけに口数が少ないのもそのせいか。

エレキは怖くないということを理解させるために、僕はわざとぞんざいにエレキに手を伸ばした。

彼らの表情が「??」となり「!!」となって「……」に行きついてフリーズした。

逆効果だった。

田んぼに囲まれた人口一万人弱のこの町では、エレキギターは〝向こう側〟へ行くための道具である。向こう側とはモテるモテないの世界、厳しい競争社会だ。

要するに彼らは僕がこっち側、ニキビとエロ本に恵まれた平和な共産社会から、向こう側へ脱北するためにエレキを買ったと思い込んでいる。

違う！　僕は男になりたかっただけだ。ゲイリー・ムーアになりたかったのだ。その証拠にホラ……と弦をジャランと鳴らし、僕は金玉が一回転するような衝撃を受けた。

Fのコードが押さえられなかったからではない。

ボディに傷がついているではないか。

クッキリと、五センチほどの生々しい傷。それと対をなすようにコタツの角にも五センチの傷。よく見ればネックに、なんかベタっとしたものが付着している。

ハナクソだった。

DNA鑑定するまでもない。僕が来る前に三人がエレキで遊び倒した挙句、コタツにぶつけて傷をつけたことは一目瞭然だった。

……おめぇら、よくもおらのゲイリー・ムーアを！

脳裏に「弁償」の二文字が浮かんでは消える。僕は努めて冷静に、柔和な笑顔を浮かべて問うてみた。

「……触った？」

答えるかわりに、ゲンがリボンシトロンを飲んで立ち上がりゲップしながらテレビのチャンネルを変えブッと屁をこいて座った。

「ねえ、誰かエレキに触った？」

会員番号十一番の福永恵規《さとみ》がカメラ目線で呼びかける。

「週のまんなか水曜日！」

サッサンが反射的に答える。

「まんなかモッコリ！」

「ねえ、この傷……」

「夕やけ！　ニャンニャ〜〜〜〜〜〜ン！」

僕は確信した。

ここにいたらダメになる。

僕の居場所はここじゃない。部屋を飛び出し階段を駆け下りる。そして我に返った。

ここは僕の家だ。

認めたくないが、今のところ僕の居場所はここなのだ。母屋に行けば台所で母ちゃんが頭プルプルしながらキャベツの味噌汁を作っている。そこも僕の居場所だ。

いやだ！　しかし、どこへ行けばいい。

向こう側か？　待て、早まるな。エレキを買ったらモテるという希望は、エレキを買ったのにモテないという絶望と、いつも背中合わせだ。

いっそ東京？　まだ早い！　『宝島』と『トゥナイト』の中にしか存在しない町へ、山本晋也カントクのナビゲート無しで迷い込むなんて自殺行為だ。

気がつくと土手に立っていた。

夕やけがキレイで、ゲイリー・ムーア・モデルのボディを想起させた。すると空を飛ぶ白鳥が、あの忌々しい傷に思えてきて、僕はまたムカムカして、しゃがんで石を拾い白鳥めがけて力いっぱい投げようと振りかぶった時、背後から耳慣れない標準語が聞こえた。

「勝手にエサあげないでねーん」

白鳥おじさんだった。

白いポロシャツに白スラックス、そして黄色いキャップ。白鳥カラーだ。左右に持ったバケツには水浸しのパンの耳がビッシリ詰まっていた。

あんただって勝手にエサあげてるくせに。

「僕はいいんですよ僕は」

一人称が僕だ。いや、それよりも、なぜ僕の考えてることが分かったのか。人の心が読めるのか？　だったら教えてください。僕の居場所を。いっそ僕の代わりに志望校を決めてください。

「白鳥はねえ、夏の間はアラスカにいるんですよ」

バケツの中身を柄杓《ひしゃく》で撒きながら、白鳥おじさんが喋り始めた。白鳥が競い合うように長い首を折り曲げエサをついばむ。こんな近くで見たのは初めてだった。

「そして暖かくなると帰るんです、シベリアに」

……あれ？　さっきアラスカって言ってなかったか？

「ずっとシベリアにいればいいのに、なんで冬はここに来るんでしょう」

「シベリア（アラスカ）の冬は寒過ぎるから……？」

彼は柄杓を叩きつけて叫んだ。

①

「僕がいるからですよ！　僕に会いに来るんでしょうが！」

驚いて白鳥が二、三羽逃げた。僕も逃げたかったが、おじさんの手が僕の肩をしっかり押さえて離さなかった。

「……す、すいません」

よく見ると、おじさんは意外とハンサムだった。焦点の定まらない中村雅俊のような顔立ちをしていた。

「あのね、きみに言ってもしょうがないけどね、白鳥おじさん白鳥おじさん言うけどね、僕は、白鳥なんか、本当はぜんぜん好きじゃないんだよ!!」

「は、はあ」

「本当はアヒルが好きなんだよ」

「ええ、ええ」

「ごめん、白鳥も好きだよ」

「ええ？」

「アヒルなんか好きじゃないよ、ぜんぜん。死ねばいいと思っているよ！　エサ横取りしやがってさあ！　あのね、白鳥って優雅でしょう。涼しい顔してスイスイ泳いでるように見えますでしょう」

興奮するとオネエロ調が入り交じるタイプらしい。

「でもね、下半身はもんのすごい頑張ってるの、知ってる？　水の中で、めちゃめちゃ足バタバタしてんの」

そう言うと背筋をピンと伸ばし、上半身をまったく動かすことなくその場で駆け足しながら、ツンとすまして「こんな感じ」と言った。なんだか無性に腹が立った。おじさんは足の速度をぐんぐん上げながら「やってみそ」と僕を見た。これが意外と難しく、どうしても上半身が動いてしまう。さてはおじさん、練習したのか？　彼が鏡の前でツンとすまして走っている姿を想像して、僕はまた腹が立った。

「ね？　上半身の優雅さは、水面下での努力の賜物《たまもの》なのよ」

「つまり」僕は結論を急いだ。「どんなに困難な時でも、表面上は白鳥のように涼しい顔して、人が見てないところで努力しなさいって意味ですか？」

「ちがうよっ!!」

おじさんはまた柄杓を叩きつけた。

「なんだよ『白鳥のように』って、僕はいま白鳥の話をしてるんだよ！　人間なんか知らないよ、みんな死ねばいいよ！」

僕が立ち去ろうとすると、また僕の肩を掴《つか》んで「ごめん」と言った。ほんと自分勝手な男だ。

「白鳥が轢かれたんだよ、軽トラに」

①

「そおなんですか……」

「まだ息はあったんだけどね、羽根が折れてたんでね、家に連れて帰って食べたよ」

「え?」

「あ、間違えた、助けたんだよ、食べないよ! ばか!」

白鳥を轢き逃げした軽トラックの運転手を、どうやらおじさんは殺したいほど恨んでいた。

この町ではよくあることだ。白鳥が橋の上を横切って飛ぶので、助手席に乗っているとフロントガラスの前を白鳥が通過して、めちゃめちゃ怖い。だから橋の上ではみな無意識にスピードを落とす。

「ただじゃおかないよ、僕は。必ず見つけ出して白鳥と同じ目に遭わせてやろうと思ってね、教習所に通ってるよ」

「免許持ってないんですか」

「いま第三段階だよ、教官が意地悪するんだよ」

おじさんは空のバケツを重ねて歩き出した。

「おじさん」僕は呼び止めた。

「おじさんは藤高の卒業生ですか? それとも月高?」

おじさんは振り返ると、とびきりクレバーな笑顔を作ってこう答えた。

「小卒です」

結局、僕は月伊達高に行くことにした。

一高に入ったら、全身で努力しないと僕の学力では落ちこぼれる。白鳥おじさんに言われるまでもなく、努力は水面下でしたかった。偏差値も倍率も低いが、月高には一応進学コースもあるので父もしぶしぶ納得した。もちろん大学には行かない。高校生活をテキトーにやり過ごしつつ、たけし軍団入りのチャンスを狙おうという目論みである。

受験勉強もしなかった。深夜放送ばかり聴いていた。常にハガキを持ち歩き『ビートたけしのオールナイトニッポン』宛てに週十ネタ送ることをノルマと課していた。

あとは言うまでもなくオナニーである。町に二軒しかない本屋をハシゴして、『スコラ』、『GORO』、『シュガー』なんかを読み漁り、脳内データフォルダがいっぱいになったところで飛んで帰り部屋でひたすらシコった。

目に映るものすべてがズリネタだった。MTVもしかり。マドンナでシコりシーラ・EでシコりO。ボーイ・ジョージが男だと知った時はかなりショックだった。二回ほどシコった後だったから。

トータルで五、六時間しか勉強してないのに僕は月高に合格した。

そして四月、入学式の前日、身体検査を兼ねた登校日があった。

朝飯を食べ、学生服を着て玄関に出ると、見慣れない木製の板が二枚と、小豆色の布が置いてあった。

「あ、それ買っといたよ」

下駄と手ぬぐいだった。

すっかり忘れていたが、月伊達高は創立六十年だか七十年だかの伝統校で、〝質実剛健〟をモットーにしており、腰から手ぬぐいを提げ、冬でも下駄を履いて登校するという、信じられない風習が今も残っていた。全国的にも珍しく、テレビで紹介されたこともある言わば全校生徒が『ドカベン』の岩鬼なのだ。葉っぱはくわえてないけどね。

「月高生は下駄に手ぬぐいだべ」

父が背中をボンと叩いた。僕はしぶしぶ靴下を脱ぎ、足の親指と人差し指を開いて黒い鼻緒にグイと押し込んだ。

痛い。足というより心が。また一歩、東京が遠のいた気がした。もう片方も履いた。やっぱ足も痛い。立ち上がってみた。身長が八センチほど高くなったので視界が微妙に変わった……かと思うとバランスを崩して玄関に座り込んでしまった。

やばい。こんなんじゃ一歩だって歩けない。まして自転車なんか……。僕はいきなり後悔した。

藤高にすれば良かった。

「どれ、写真撮ってやっから、こっちゃ来い」

父が庭に出る。母はカメラのピントを合わせることに集中するあまり、電池を換えたばかりのバイブレーター並みにプルプル震えている。「貸せ」と父がカメラを奪う。下駄のせいでグラグラする僕を、母がプルプルしながら支えて記念撮影。

「んで、車に気ぃつけでな」

「母ちゃん、上履きは？」

「あらごめん、買ってねえ。んだら、これ持ってけ」

母ちゃんは、家にある一番上等なスリッパを出して僕のカバンに詰めてくれた。

①

案の定、下駄での自転車走行は困難を極めた。

下駄の歯の部分がペダルをガッチリ噛《か》んで、自転車と一体化してしまう。ペダルが下駄製の自転車に乗っているようなもので、信号で停止する度に足が抜けなくて転んでしまう。振り返ると、同じように転んで半泣きになっている新入生が何人もいた。

下駄の先っぽをペダルに引っかけて漕いでみたが、ペダルがぐるんぐるん回転して、これはこれで難しい。

情けなくて何度も引き返したくなったが、どうにか一時間ちょっとで学校に着いた。

僕のクラスは一年一組。十校近い中学から生徒が集まっている。初めが肝心。ナメられないように、かつビビらせないように、いい塩梅のテンションで教室のドアを開け、僕はビビりまくった。

クラス全員、パンツ一丁で直立不動なのだ。

なんで？

ポカンとしてると、学ラン姿のニキビ面が近づいて来た。

「そこの一年！　さっさと脱げこの野郎ぉ！」

僕を「一年！」と呼ぶからには上級生らしい。なんで？　身体検査は八時半から、まだ十分もあるのに。

「挨拶は!?」

「こ、こんにちは」

そう答えると、ニキビ面が胸ぐらを摑んでグイグイ締め上げて来た。後頭部が教室の壁にガンガンガンッと当たる。

「挨拶は押忍だ！　なんだ『こんにちは』って！　オカマがこの野郎！」

「お、おす！」

「脱いだら身長体重、座高の順に計って、トイレ行って検尿だこの野郎！　わかったが！」

「押忍っ！」

慌てて服を脱ぎ、言われたとおり押忍！　と叫んで身長を計り押忍！　と叫んで体重計に乗り押忍！　と叫んで座高計に座り押忍！　と叫んで紙コップをもらって押忍！　と叫んでトイレに入り我に返る。

おかしなことがいっぱいある。

「押忍」より「こんにちは」のほうが挨拶としては丁寧だ。いや、そんなことはどーでもいい。学校なのに先生がいない。どうやら今日の身体検査は生徒主導で行われているようだ。

そしてパンツ。なぜか僕以外の新入生はＢＶＤの白ブリーフだった。「ナイスですね」の村西とおる監督へのリスペクト？　ありえない。おそらく事前に送られて来たプリントに「白ブリーフ着用」と書いてあったのだ。なのに僕は赤地に白の水玉柄のトランクスを履いていた。

そして上履きである。驚くべきことに僕以外はゴム製の、薄緑色の雪駄《せった》を履いていた。これが質実剛健をモットーとする月高指定の上履きらしい。改めて自分の足下を見た。出かかったオシッコが一瞬止まって倍増しで出た。

真っ赤なスリッパを履いてるじゃないか！

母ちゃんが「これ持ってけ」とカバンに詰めるシーンがフラッシュバックする。全面に赤いバラの花が咲き誇った、ゴージャスこの上ない客用スリッパ。パンツとスリッパ、無意識に赤で統一してしまったのである。

「そこの一年！　ちょと待でコラぁ！」

白組に迷い込んだ赤組を、上級生が見逃すわけがない。

「なんだおめぇ、そのパンツは！」

ゴリラ顔の先輩によるファッションチェックが始まる。

「よぐ見だらオメぇ、スリッパも真っ赤でねえが！」

「おすいません！」

動揺のあまり「押忍」と「すいません」が混じってしまった。間髪入れずニキビが大声で叫んだ。

「おーい！　こいつ不良だどおーっ！」

え～～～？

家じゃ来客用のスリッパがここでは不良の証なのか。

「不良！」というキーワードに過剰反応した上級生が、どやどやトイレに押しかける。

「どごだどごだ！」「おめぇがこの野郎！」「名前は！　どご中だ！」。

その中に、知っている顔を発見した。同じ中学の中島先輩だ。物腰の柔かい書道クラブの部長で、僕がたまたま店番してる時に、半紙や墨汁を買いに来たことがあって、何度か言葉を交わした仲だ。よし、助かった……。

「中島せんぱい、僕です、文房具屋の……」

「おお、久しぶり」と言うには近過ぎる位置に先輩が入って来た。ガスッ。膝《ひざ》が鳩尾《みぞおち》に埋まって、僕は息ができなくなった。それを合図に上級生が一発ずつ、膝や肘《ひじ》や踵《かかと》をぶつけてくる。下駄で殴ってくるヤツもいた。

それでも肉体的苦痛は大したことなかった。

問題はむしろ、僕が検尿用の紙コップを持っていたこと。八分目まで入っていた僕のオシッコは、蹴られた拍子に自分のパンツやスリッパのみならず、先輩方の学生服まで汚してしまったのだ。

「汚ねっ！　なんだおめ！　この野郎！　こっちゃ来い！」

ゴリラが僕の頭を抱きかかえ引きずりまわす。僕は濡れたタイルに足を取られ転び、そして水とモップとデッキブラシの洗礼を受けた。

数時間後、僕は泣きながら自転車に乗っていた。

屈辱と、恐怖と、絶望と、あとパンツが乾かない気持ち悪さを紛らわすために、ただがむしゃらにペダルを蹴った。下駄で。タイヤはパンクしていた。上級生の仕業だ。そ

①

れでも早く家に着きたかった。

ちきしょう。あんなのは学校じゃない。公立高校の名を借りた軍隊だ。もの静かな中島先輩までも鬼に変えてしまう地獄の収容所だ。

「ちきしょう」と声に出したらよけいに腹が立った。バラ色のスリッパ（さっき田んぼに捨てた）を持たせた母ちゃんにも、それを不良呼ばわりした上級生にも、何も言い返せなかった自分にも。

「ちきしょう！」

カランという音とともにチェーンが外れた。最悪だ。僕は自転車をガタガタ押しながら歩いた。自転車屋の看板が目に入った。菊ちゃんの家だ。とりあえず自転車を預けて歩いて帰ろうと思い「すいませ〜ん」と声をかけた。誰もいない店内で、映りの悪いテレビが、これまた最悪のニュースを報じていた。

「歌手の岡田有希子さん、飛び降り自殺」

涙がどっと出た。ファンだったわけではない。ただ気になる存在だった。キャッチフレーズは確か〝ステキの国からやって来たリトル・プリンセス〟。これから写真集を買って、ファンなのかファンじゃないのか、じっくり自分会議にかけるつもりだったのに。

「ちきしょう‼」

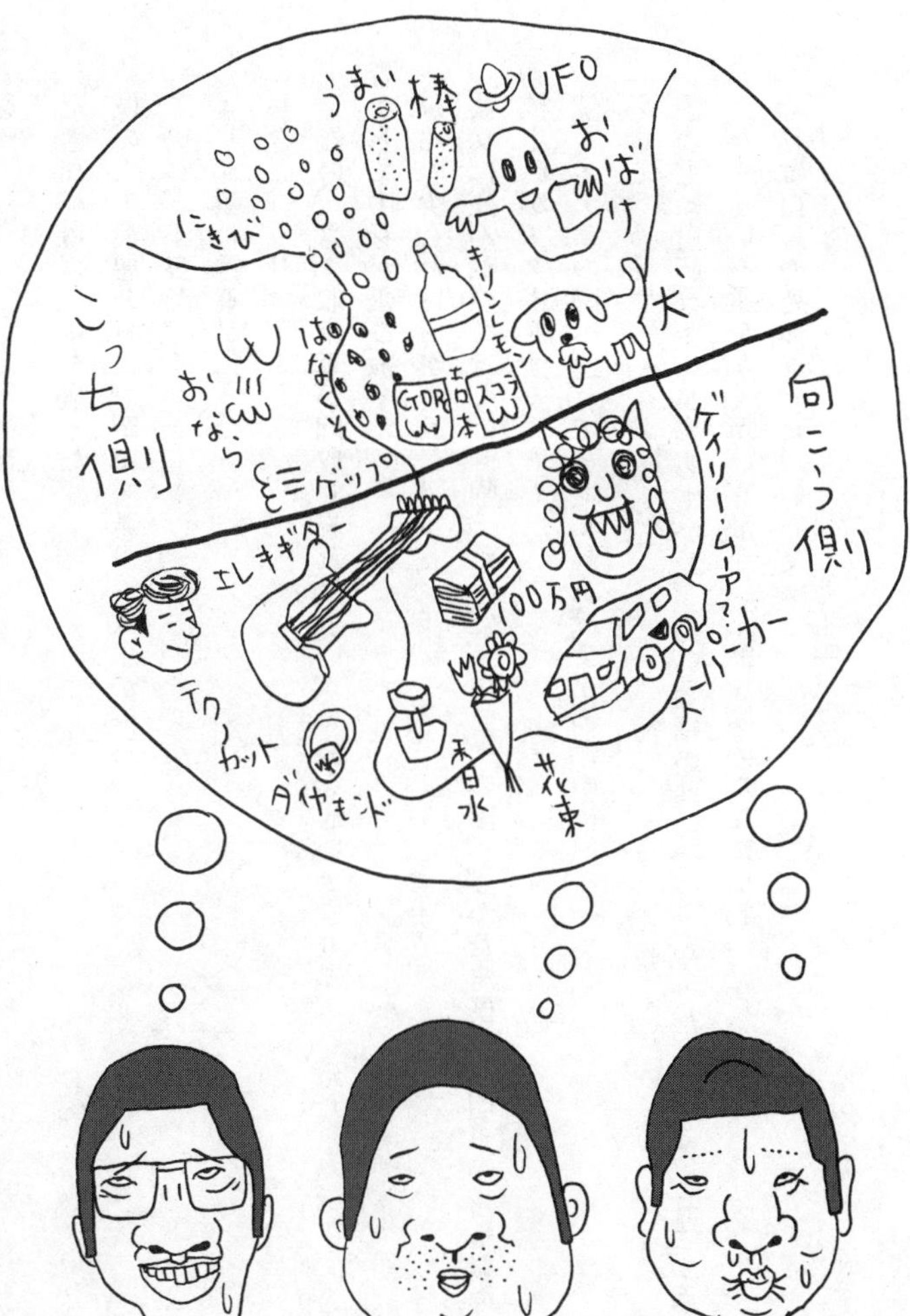
うまい棒
UFO
おばけ
にきび
キリンレモン
犬
こっち側
おなら
はなくそ
ゲップ
向こう側
ゲイリー・ムーア
エレキギター
100万円
スーパーカー
テクノカット
ダイヤモンド
香水
花束

泣きながらゴミ箱を蹴った。

僕の人生最悪の日に、岡田有希子の人生が終わった。

「こいつ、不良だど！」

ゴリラ顔の言葉が甦った。

「ちきしょう!!」

道端の、ゴミ収集車が回収し忘れた黒いゴミ袋を思いっきり踏みつけた。パン！ と音がして中身が飛び散った。

ほんの少しだけ気が晴れた。

彼女は死んだのではない、帰ったのだ、ステキの国へ。かたや僕は、明日から地獄の高校生活がスタートする。

僕もステキの国へ連れてってくれればよかったのに。

「ちきしょう！」

橋の上に白いゴミ袋が落ちていた。力いっぱい踏んづけてやった。さっきと違って、グニュウという柔らかく重い感触が、下駄を履いた足に伝わった。

それは白鳥の死体だった。

2

一九八六年四月。岡田有希子が帰らぬ人となった日の夕方、学校帰りの僕は橋の上にいた。下駄を履いて、左足で地球を、そして右足で白鳥の死体をしっかり踏みしめて立っていた。

白鳥の死体は柔らかかった。

女性の乳房を思わせる柔らかさだった……と言っても実際に女性の乳房に触れたのはわりと最近で、当時は乳房を『にゅうぼう』と読むほど無知な十五歳で童貞だった。この先、何年にも及ぶ童貞防衛戦を連勝しつづけるとも知らず、僕は白鳥の死体を踏んでいた。

身体が硬直して、下駄を白鳥の死体からどかすことができなかった。二車線の車道を挟んだ向かいの歩道から、誰かが睨んでいたからだ。目が合った者を石に変えてしまうと言われる魔女メデューサよりも恐ろしい眼力で。

白鳥おじさんだった。

「……あ、おじさん！　ちょうど良かった、死んでましたよ白鳥が、ほら」

「……」

文章表現では「……」、つまり無言なのだが、その「・」をひとつひとつクローズアップして見たら「殺」という文字になっているだろう。

「殺殺殺殺殺殺」

それほどの殺気を、白鳥おじさんは無言で発していた。

「死んでたんですよ、僕が殺したんじゃないですよ」

「殺殺殺殺殺殺殺殺殺殺殺殺殺」

「本当ですって！」

「殺殺殺なんで下駄で殺殺殺」

「月高生だから、月高に入ったんです僕」

車道を横切り近づいてくる白鳥おじさんに、僕は殺されるかもしれないという危機感をおぼえ、とりあえず「ごめんなさい」と頭を下げた。

「なんかムシャクシャして、白いゴミ袋が落ちてると思って踏んづけたんです。でも、死んでたんです本当に、僕はうっかり踏んだだけですから……」

白鳥おじさんの口から意外な言葉が出た。

「ウチ来る？」

②

「え？」

「あ、間違えた。足だいじょぶ？」

いろいろ思うところはあったが、ここは素直に答えることにした。

「はい、大丈夫です」

「今はね。でもね、その足ね、いまに腐るよ」

「……くさる」

「腐るよ、そのうち絶対、だって白鳥踏んだもの」

軽妙なトーンですごいことを言いながら、おじさんは死んでいる白鳥の首を摑《つか》んでひょいと持ち上げると、垂れ下がった胴体を振り子のように揺らして肩に乗せ、練習帰りの柔道部員のような風情でこう言った。

「どうせまた轢《ひ》き逃げだよ……人間め。僕が免許取ったら、こういうの許さないから！　轢き殺してやるからね！」

「まだ仮免なんですか？」

「第二段階だよ！」

こないだ第三段階と言ったのは見栄を張っていたのだろうか。とにかく疑いは晴れたし、なにより怖いので立ち去ろうとした。

「まだ話終わってない！」

死んで冷たくなってしまった恋人（鳥類）を肩に乗せ、おじさんは涙ぐんでいた。心の底から白鳥を愛している証拠だ。彼だけではない。白鳥はこの町のシンボルである。それを僕は踏んだのだ。下駄で。たとえさんざんな登校日の直後とはいえ許されない行為だ。

「ごめんね、大きい声出して」

「こちらこそスイマセン、死んでいるとはいえ……」

「ほんとだよ!!」

さっきより大きい声で、おじさんは痰《たん》を飛ばしながら怒鳴った。

「人間め！　白鳥がいなきゃこんな町、住めたもんじゃないんだよ！　もっと愛情を持ってよ！　そこんとこよろしくだよ！　もう！」

そう言うと、おじさんは白鳥の首を両手で持って、ハンマー投げの要領で死体をブン回して川に放り投げた。

えーーーっ！　死体遺棄!?　てっきり穴掘って埋めてお墓作ったりすると思ったのに。放物線を描く白鳥の死体には目もくれず、おじさんは生きている白鳥、優雅に橋の下を泳いでいる数羽の白鳥にパン屑《くず》を与え始めた。

切り替え早っ！

二十年後の現在、僕は『ウーマンリブ先生』というお芝居の稽古をしている。松尾スズキ氏扮《ふん》する官能小説家が、古田新太《あらた》氏扮する女性解放運動家にダメ出しを食らうという、とても真面目なお話で、どんな稽古をしてるかというと「松尾さん、メール打つのと同じ速度で、猫背さんの乳首を親指で押してください」とか、「古田さん、『中森ヴァギナの北ウイング南ウインググリトルウイング吉田小陰唇』ていうセリフは息継ぎしないで一気にお願いします」とか、そんな感じの真面目な稽古場だ。

で、家に帰れば今度は僕が小説家。幸いスーパーバイザーである松尾さんからのダメ出しはない。今のところ。

今回はトラウマについて書こうと思う。

と言っても、父から性的虐待を受けたとか、母が蒸発して後妻にいじめられたとか、生まれた時から鉄仮面を被せられて育ったとか、そういうちゃんとしたトラウマではない。そんなのあったらとっくに何かに書いてるか喋ってネタにしている。

たまに、自分は他人と比べて暴力への執着が強いのではないか？　と思うときがある。といっても金子賢がリングでやってるような、ちゃんとした暴力ではない。正確には、履き物で他人の頭をバコッと殴るのがたまらなく好きなのだ。相手は誰でもいい。女でもいい。もしそういうプレイを提供する風俗店があったら、一回は行ってみると思う。

僕はグループ魂というパンクバンドを十年以上やっている。ボーカルの破壊こと阿部サダヲ氏がMCで、コントで、そして曲中で、バイト君こと村杉蝉之介の頭をスリッパで執拗《しつよう》に殴るパフォーマンスがウリなのだが、僕はそのスリッパの音に異常なほどこだわる。レコーディングでは、いい音が録れるまで決して妥協しない。バイト君の頭から血が出てもやめない。

「あのー宮藤さん、血も出たことですし、前回録ったスリッパの音素材もあるので、ハメ込むこともできますけど」とディレクターは言うが、そういう問題じゃない。

殴りたいのだ、スリッパで、頭を。

なんなんだろう、この罪悪感の無さは。最終的に自分の頭を殴って録音しようとしたこともある。ライブではいかんせんギターを弾いているので全スリッパを阿部くんに委ねることになるが、いい音がした時は俄然テンションが上がる。血が騒ぐのだ。

おそらく高校時代の経験がトラウマになっている。高校生活で、厳密には入学からわずか一ヵ月で、僕は一生ぶん殴られたのだ。スリッパではなく、雪駄で。

僕の「履き物で他人の頭を殴りたい欲」は、あの頃の反動なのである。

②

全校生徒が男岩鬼なバンカラ校、月高こと月伊達高校の、僕は一年生だった。ちょうどオシャレに興味を持ち始めた頃。まだA5判サイズだった『宝島』を穴が開くほど読みたおし、お年玉を貰っては通販でアディダスのジャージとヒステリックグラマーのガーゼシャツとドクターマーチンのブーツを同時注文し、ラフィンノーズのチャーミーの「髪の毛立てるなら砂糖水がいちばんや!」というインタビューを鵜呑みにして頭を砂糖水に浸してアリやカブト虫にモテモテだった時期だ。今思えばそっちの方が百倍恥ずかしい。下駄に手ぬぐいの方が逆に潔いというものだ。しかし当時はまだ「逆に」という免罪符が無かった。東京に向けて必死にアンテナを伸ばすしかなかった。そんな時代だからこそ、東北のド田舎で中3から『宝島』を読んでいるというだけで優越感に浸れたし、いつかは自分でチョイスした服を着て大貫憲章《けんしょう》のロンドンナイトで藤原ヒロシに会えると信じていた。死んだ方がいい。理想と現実の溝にはさまって死ねばいい、と今は思う。だが当時は迷いがなかった。逆に、もし二十年前の僕が今の僕の、こだわりのないファッションを見たら「死ね」と言うだろう。今日だって僕は貰い物の、矢追純一の顔がプリントされたTシャツを着てこの文章を書いている。

要するに、人生でもっとも自意識過剰で多感な三年間を僕は下駄で、室内では雪駄で、腰に手ぬぐいぶら提げて、時には葉っぱをくわえて過ごしたという話。

一年一組の教室は一階の角。入学式の朝、早く着いた僕は教室の斜め向かいにある売店を覗いた。ガラス窓の向こうで六十歳くらいの、小っちゃいお婆ちゃんが居眠りしていた。改めて自分が男子校に入学してしまったことを痛感する。新卒マドンナ先生も、ヤリマンで有名な先輩もこの学校にはいない。どんなに探しても女はこのお婆ちゃんだけなのだ。『責任者・山本つぎ』と書かれたシールを発見する。月高唯一の女性職員の名前は「つぎ」らしい。僕はガラスをコンコン叩いてつぎさんを起こし、一本五十円のコーヒー牛乳を買った。

入学式のことは覚えていない。その後に行われた対面式があまりに強烈だったからだ。

体育館へと続く渡り廊下を一列に並んで歩く。ちょうど真ん中あたりで、戦艦大和みたいなリーゼント頭の先輩と体育教師が本気の睨み合いをしてて、その前を二百四十人の新入生がいちいち立ち止まって「押忍！」と挨拶するのでちょっとした渋滞になっていた。もちろん教師にではなく先輩に対してである。先輩への挨拶は腰を九十度曲げ十秒数えること、と事前に情報が回って来ていたのだ。

月高はいわゆるヤンキー高ではない。文武両道、質実剛健をモットーとする進学校である。それでも十人に一人の割合でリーゼントかパンチパーマがいる。応援団、もしくはその周辺の生徒だ。彼らはヤンキーより強く、そして賢い。文武両道とは、ケンカも悪知恵も働く、という意味でもあるのだ。

体育館に入ると五百人ほどの上級生がこっちを向いて床に座っていた。彼らの前に大きな布が敷かれている。畳八枚分はある、小豆色に白で『月』と描かれたその布こそ応援団の団旗、月高生のシンボルである。

僕ら新入生は団旗を挟んで先輩と、まさに「対面」する形で座らされた。ここぞとばかりに眉間にシワを寄せ、歯を剝《む》き出し凄んでくる先輩たち。

「殺殺殺殺殺殺殺殺殺殺殺殺殺殺殺殺殺殺殺殺」

ものすごい殺気のシャワーを真正面から浴びる。清水健太郎主演のVシネマが五百タイトル、面出しで並んでいるビデオ屋のようだ。いろんなタイプの健太郎がいた。パンチパーマの健太郎、メガネ坊主の健太郎、アトピー健太郎、そして肥満児健太郎。最前列じゃなくてほんと良かった、とホッとする間もなく生徒会の役員らしき先輩が前へ出る。月高生にしては珍しくサラサラヘアの、しゃくれ顔の三年生だ。先日の身体検査同様、この対面式も生徒が仕切っているようだ。

「新入生、在校生に礼!」

しゃくれの号令に促され、新入生があぐらをかいた体勢のまま床に額が着くまで背中を折り曲げる。

「押――――忍っ！」
十、九、八、七、六、五、四、三、二、一……もういいだろう。僕らは顔を上げた。
その途端、
ドダダダダダダダダダダダダダダダダダダ――――ッ!!

地鳴りのような土砂崩れのような轟音が鳴り響き、体育館が揺れた。比喩ではなく本当に揺れた。一瞬、何が起こったのかわからず正面を見ると、信じられない光景が目に入った。

五百人の上級生が、上履きの雪駄を両手に持って、力いっぱい床をドダダダーッと連打していたのである。

ブーイングだった。

雪駄で床を打ち鳴らすのが月高流のブーイングなのだ。

その轟音に混じって怒号が飛んでくる。

「早えぇ――――――っ！」

頭を上げるのが早い、つまりお辞儀が短かすぎると言っているらしい。実にシンプルなお説教だ。

「おめえら！　先輩に対する挨拶はきっちり十秒だ！」

徐々にわかることだが、怒りに限らず喜怒哀楽すべての感情を、月高生はこの「ドダダダダーッ」という音に込める。バスケットの試合でゴールが決まればドダダダダーッ！　授業が自習になればドダダダダーッ！　売店の調理パンが売り切れてドダダダダーッ！　調理パンが入荷してドダダダダーッ！　三年間、常に校内のどこかでドダダダーッ！　という雪駄の音が鳴り響いていた。

「やりなおーし！　在校生に礼！」

「押――――――忍！」

怒られないように、今度はできるだけゆっくり数えた。

いーち、にーい、さーん、しーい、ご……。

再びドダダダダーッ！　と地鳴りが響きわたる。

「遅えぇ――――――っ！」

今度はお辞儀が長すぎたらしい。

イジメだ。うんざりするほどベタベタな展開。だって明らかに二回目のドダダダのほうが早かったじゃん。こんなお約束の下級生イジメに熱狂できる先輩たちに、僕は恐怖を通り越して憐《あわ》れみすら感じていた。この時点ではまだ余裕があったのだ。どんな罵声も僕個人ではなく「新入生」という集団に向けられたものだからである。

ところが、ここから執拗な個人攻撃が始まる。

「いまがら、おめぇらの月高生としての自覚をテストする。一二二四番！　起立！」

一年二組の出席番号二十四番の生徒が立ち上がった。まだ名前も顔も知らない同級生は、かわいそうに雛鳥のように震えていた。

「は、はい」

「あいさつは押忍だあっ！」

ドダダダダダダダ――――ッ！

「お、お、おす」

「声が小せえ！」

ドダダダダダダダダ――――ッ！

「押忍！」

「名前と学校名、言え」

「た、高橋です、高橋ヒロアキ、神成中学校です」

「おめえくぬ、まだ中学生気分がっ！」

ドダダダダダダダダ――――ッ！

「学校名って言われたら月伊達高校ですって答えろ！　次、一六一一番！　出身校は！」

「月伊達高校です！」

「出身中学を聞いてんだ、くぬ！」

ドダダダダダダダダダダダダダダ――――ッ！

まるで台本があるかのような応酬、五百対一の漫才がボケを入れ替えて延々と続く。

「校長の名前は！」「教頭の名前は！」「用務員さんの名前は！」などボケにくいお題をフラれ、「分かりません」と答えるたびにドダダダダという暴力的なツッコミと罵声を浴びせられ、同級生が次々に撃沈して行く。

「次！　一一〇九番、立て！」

この理不尽なやりとりを通じて、上級生の絶対的な権力を見せつけるというのが、このイベントの主題なのだ。

「一一〇九番！」

そもそも普通の高校生が番号で呼ばれるとは。

「一一〇九番！　欠席がくぬ！」

一年一組の出席番号九番……あ、オラだ。

「は、はい、おっす」

「売店のおばちゃんの名前は！」

来た！　学校で唯一知っている名前を訊かれるとは。不幸中の幸いとはこのことだ。

僕はわざとらしくない程度に怯えながら答えた。

「押忍！　山本つぎです」

沈黙が流れる。まさか答えられると思ってなかったのか、五百人が呆気にとられたように僕を見つめた。さらに同級生の、救世主を見るような熱い視線を背中に感じながら、僕は誇らしげに胸を張った。よし！　これでみんなから一目置かれるぞ。

しゃくれ顔が口を開いた。

「山本つぎじゃねえ、山本つぎ『さん』だべ！」

ドダダダダダダ――ッ！　という音が、僕ひとりのためだけに鳴り響いた。興奮して雪駄そのものを投げつけてくる者もいた。飛び交う雪駄をかわしながら、学園のマドンナに「さん」を付け忘れた罪の重さを、僕は噛《か》みしめていた。そして着席しようとしたその時、

「まだ終わんね、ちょっと、こっちゃ来いや！」

「え？」

「前に出ろ！　早く！」

ドダダダダ――ッ！

抵抗するだけ無駄と悟った僕は、なるべく速やかに最前列へ出た。しゃくれ顔が馴れ馴れしく肩に手を回す。

「今からコイツをモデルにして、月高生の正しい自転車の乗り方、教えてやる！」

えーーっ!? そんなぁ、いいですぅ、結構ですよ。

「乗ってみろ」

乗ってみろって。ないし、自転車。

「早くしろ、くぬ、オメェが自転車乗んなきゃ終わんねえど。みんなオメェのご待ってんだぞ」

待たせた覚えはないが、ドダダダという音と「乗れ！」「早く乗れ！」という野次に追い込まれ、ついでに同級生にも好奇の目で見られ、僕は人生初パントマイムを披露することになった。見えないハンドルを握り見えないペダルを漕いでみた。すかさずしゃくれが履いていた雪駄の裏で僕を殴った。

「オメェ！スタンド掛けたまま走るのが！」

ドダダダダ！ 轟音と嘲笑の中、見えないスタンドを上げた。この時点で自尊心はズタズタだ。こうなったら心をチャップリンにするしかない。見えないチョビ髭を生やし、見えないサドルに跨《また》がった。また殴られた。

「オメェ左右確認してねえべ！」

ドダダダという音も笑い声ももはや聞こえない。頭の中でクイーンの「♪ばーいせこっ！ ばーいせこっ！」という曲をループさせ、僕は汗びっしょりになりながら見えない自転車を走らせた。もちろん左右確認してから。

「ここからが本題だ。先輩の自転車が前を走ってたら、必ず『なん年なん組、なんの誰それ、追い越します！』と叫んでから追い越すように！　分かったが！」

そう言うと、しゃくれ先輩は僕の前に立ち、尻をプリプリ振りながら見えない自転車を漕ぎ始めた。

「ほら！　早く追い越せえ！」

……追い越したくないんですけど。

「早く来い！　遅刻してもいいのが！　チリンチリーン」

チリンチリーンて……ふと足下を見て僕は愕然とした。

ちきしょお。そおいうことかっ！

しゃくれ先輩が足踏みしている十センチ先には団旗が鎮座しているのだ。つまり追い越したら、僕は全校生徒の前で月高生のシンボルを踏んづけることになる。先輩たちは雪駄を構えて僕の足下を睨みつけている。踏め、早く踏めと呪いの言葉を唱えながら。

売店のおばちゃんに「さん」を付け忘れただけで雪駄がビュンビュン飛んで来る状況で団旗を踏んだら……オラ、壊れちゃうかも。だけど追い越さない限りこの拷問からは解放されない。すでに腿《もも》もパンパン状態だ。この状態があと三十分続いたら？　それはそれで壊れちゃうかも。どうせ壊れるなら早いほうがいい。僕は意識を遠くに飛ばすことにした。まだ見ぬ東京、憧れのロンドンナイトに。

そう、ここはロンドンナイト。老舗クラブ「新宿ツバキハウス」だ。藤原ヒロシとか高木完とか、ゼルダのサヨコとか、もちろん有頂天のKERAとか、宝島な人々に見守られて、僕は自転車を漕ぐパントマイムを披露している。どんな音楽がかかってるかは知らない。そう言えばナゴムレコードの通販で有頂天の『ベジタブル』注文したのに、二ヵ月以上経っても届かないぞ。でも今月号の『宝島』のサヨコの写真が可愛かったから許す。

「あれ？　君のパントマイム面白いね」

KERAが話しかけて来た。

「今度、芝居やるんだけど、良かったら出てみない？」

そう言えばKERAが劇団健康を旗揚げしたと、『宝島』に書いてあった。演劇とかよく分かんないけど、筋肉少女帯の大槻ケンヂとか、ぱちかぶりの田口トモロヲも関わってるらしい。サヨコにも会えるかもしんない。なんかワクワクして来たぞ、よし今だ！

「一年一組、宮藤シュンイチロウ、追い越します！」

そう叫ぶと、僕は会心の笑顔で、団旗を踏んづけながらガスガス歩いた。

ド――――ダダダダダダダダダァ！

暴動が起こった。残念ながらそこはツバキハウスでもロンドンナイトでもない、ただの汗臭い体育館だった。

「おーめえ！　この野郎ぉ！　団旗に謝れえ！」

「あやまんねえと足が腐るぞ！」

白鳥おじさんの顔を思い出した。そして七百五十人が見守る中、僕は団旗に土下座した。

おかげで僕の足はまだ腐ってない。

②

夜の川は穏やかだった。春になり、白鳥の数も十数羽に減っていた。

僕はマイルドセブンに火をつけた。悪夢の対面式以来、それまでどんなに勧められても頑なに吸わなかったタバコを、僕は吸うようになっていた。ストレスのせいだ。

その原因は対面式の翌日から始まった応援練習だった。四時間目の授業が終わると、先生と入れ替わりに応援団がやって来る。高校生なのに『探偵物語』の成田三樹夫にしか見えない先輩が教壇に立ち、

「第一応援歌〜〜〜〜〜〜〜せーのぉ！」

と叫ぶ。それを合図に「臥薪嘗胆《がしんしょうたん》」とか「不倶戴天《ふぐたいてん》」とか意味のわからない歌詞の応援歌を昼休みの間じゅう、四十分間ノンストップで歌わされた。ただ歌うのではない。

腕を肩から水平に伸ばし、さらに肘《ひじ》を直角に、L字型に曲げて、それを顔の前で閉じたり開いたりしながら歌うのだ。肘がちょっとでも落ちたら雪駄でブン殴られる。声が出てないと殴られる。いや、出てても殴られる。とにかく殴られる。歌うサンドバッグだ。

先輩が教室から出て行くと気が緩む。ついつい肘が降りて来る。隣の席の斉藤くんが手をブラブラさせて休み始めた。すると、たったいま出て行ったばかりの成田三樹夫が廊下側の窓をガラっと開けた。

「誰が休んでいいって言った！」

成田先輩は窓際の机に飛び乗り、そのまま机の上を『風雲！たけし城』の竜神池のようにピョンピョン飛びながら走って来て僕の前を通り過ぎ、雪駄ではなく革靴で斉藤くんの胸をサッカーのフリーキックのように蹴り上げた。「うぅ」とため息をもらし、うずくまったまま斉藤くんは動かなくなった。そして学校に来なくなった。

やっぱりたけし軍団に入るべきだった。

午前一時。僕は携帯ラジオで『ビートたけしのオールナイトニッポン』を聞いていた。土手に座って煙を吐きながら、月高に進学したことを本気で後悔していた。

そもそもいわゆる体育会系ノリというものが苦手だった。だが月高のノリはそんな甘いものではない。あえて言うなら……フーリガン系？　とにかく暴れたい、殴りたいという破壊衝動ありき。その対象物として僕ら新入生は存在する。同じ殴られるのならたけし軍団、ガンバルマンズの一員として、殿が持っている、あの棒の先に大きな手が二枚重なってるヤツでパシンと殴られたい。

木曜の深夜、東京有楽町のニッポン放送前には弟子入り志願者が全国から集まり、殿の愛車ロールスロイスを身体で止めて直訴するらしい。僕にはそんな勇気も行動力もなかった。有楽町がどこにあるかも知らない。せいぜい番組宛てにネタを送り続け、こうして毎週ラジオを聞いては「今週はソープの話で盛り上がり過ぎたから」と、ネタが採用されなかった理由を勝手に分析するぐらいだ。

白鳥は首を折り曲げ、自分の身体の上に乗せるようにして寝ていた。午前二時を回って、三本目のタバコに火をつけた、その時だ。

「……白鳥おじさん」

殿の声だ。イヤホンの向こうで、確かに殿はその名前を口にした。思わず僕は立ち上がった。耳を疑った。しばらく脳が追いつかなかった。なぜ殿が白鳥おじさんの名前を……なぜ殿が……白鳥おじさんと……なぜ。

それは僕のペンネームだった。

『ああ勘違い』という新しく出来たコーナーに、僕は五枚ほどハガキを送っていた。同じ名前で送るとまとめてボツにされるんじゃないか？　という浅知恵から三枚を本名で、二枚を『白鳥おじさん』の名前で送ったのだ。

「オギノ式でチェックしてたのに妊娠しちゃった」

「あー沖縄出身の元ボクサーの」

「それ渡嘉敷《とかしき》でしょ」

殿が笑う前に構成の高田ギョロメ文夫が「ぼう」と声を上げた。殿はククと短く笑って次のハガキを手にしたようだ。

読まれたあ！　僕は叫んだ、やった！　読まれたあ！　頭の片隅では録音しとけば良かったとか、もっと面白いの送ったのにとか思わないでもなかったが、それは後で考えよう。こみ上げる喜びを出し切ってから。「あー！」とか「やー！」とか言葉にならない叫び声を上げながら、僕は土手をウロウロ歩いた。誰でもいい、この喜びを分かち合いたかった。川原の草むらが揺れて誰かが立ち上がった。

白鳥おじさんだった。

なぜおじさんがこんな時間に茂みの中から……なぜ左手にエロ本とペンライトを持って……白いスウェットを膝まで下げて……考えるのは後だ。僕は駆け寄って白鳥おじさんの手をつかんだ。なんかベタベタした手を。

「読まれたよ、ハガキ、おじさんのおかげだよ」

白鳥おじさんは、咄嗟《とっさ》に放り投げたエロ本の位置を目で確認しながら「うんうん」と頷《うなず》いた。さすがに虚をつかれたのか、珍しく引きつった笑顔を浮かべながら、僕の話を遮《さえぎ》ることなく聞いてくれた。

「俺さあ、生きてて良かったよ、なんか、死ななくて良かったよ」。死のうと思ってなかったくせに、僕はそんなことを言った。

「明日も学校行くよ、とりあえず一学期は学校行って、で夏休みの間だけ、たけし軍団で頑張るよ」

そんな都合のいい制度はない。たけし軍団は林間学校じゃない。でも白鳥おじさんは応援すると言ってくれた。

「おじさんはどうするの？」

「どうする？」

「夏になると白鳥帰っちゃうでしょう、アラスカだかシベリアに。そしたらどうするの？」

おじさんはエロ本から決して目を離さず、少し考えてこう答えた。

「じゃあ僕も入れてもらおうかな……たかし軍団に」

「いいよ、じゃあ一緒に東京行こうぜ！」

心にもないことを言って、僕はその場を後にした。土手に上がって振り返ると、おじさんはすでに草むらの中だった。ペンライトを口にくわえて、鬼の形相でさっき放り投

②

げたエロ本を探していた。

三日後の日曜日。久しぶりに菊ちゃんとサッサンが家に遊びに来た。男女共学の藤高に進んだ彼らは、さっそく僕の知らない女子の話で盛り上がっていた。ラジオでハガキを読まれたなどという話題は軽くスルーされそうなので、僕はエレキを膝に乗せたまま、バスケ部のA子はヤラせてくれそうだとか、陸上部のB子はハードル飛ぶたびにジャージの中でオッパイが暴れるだとか、中学時代とさして変わらない彼らの話に耳を傾けていた。

「だけどA子のほうが顔は可愛いんだよなあ」

「んだんだ」

僕は何気なく映っていたテレビを見た。二度見した。

『高田文夫の』『おもしろ素人さん』という文字が目に入ったのだ。四月から始まった仙台ローカルの番組『㊎ギャハハ倶楽部』のスポットだった。金曜七時から三十分間、ギョロメ高田が司会のお笑い番組で、おもしろ素人さんを随時募集しているようだ。

食いつかないわけがなかった。いまの僕が、県立フーリガン高校で日常的に暴行を受けているお笑い好きの十五歳が、そこに希望を見いだすのは当然の流れだ。有楽町で出待ちしなくとも、仙台行ってオーディション受ければ、そこでギョロメ高田のギョロ目に止まれば、そのまま軍団入りも夢じゃないんじゃない⁉

「でも性格はB子のほうがいいべ」

「んだんだ」

ちょっと待て。当然すぎる疑問がわいた。俺っておもしろ素人さんか？　軍団に入ると息巻いていたが、そもそも自慢できる芸などあるのか？　人間ポンプとか。

「性格なんかどーでもいいよ」

ない。すぐに答えが出た。芸と聞いて、まず『人間ポンプ』が出て来る時点で相当ダメだ。誰か誘わなきゃ。だが高校にはまだ仲のいい友達はいない。

「A子の顔にB子のオッパイついてたらなあ」

「んだんだ」

こいつらだ！　僕は菊ちゃんとサッサンと、あと今日は来てないがゲンの四人で、中学の文化祭でコントやったことを思い出した。ネタは俺が、ペンネーム白鳥おじさんが書く。四人でコントだ！　いいタイミングでさっきのスポットがまた流れた。僕はわざとさり気なく、かつ声を張り気味に呟《つぶや》いた。

「へー、こんなの始まるんだあ、おもしろそ……」

「しかもケツがC子だったらオラぜったい付き合う！」

……食い気味でスルーされた。

無理もない。彼らは『向こう側』の世界に足を踏み入れつつある。やっと歩き始めたモテ街道の旅。『おもしろ素人さん』の十字架はあまりに重過ぎる。これ以上、説得してもムダというものだ。

その夜、僕は三枚のハガキを投函した。二枚は『白鳥おじさん』の名前でニッポン放送宛て。一枚は本名で、宛先は仙台放送『高田文夫の㊎ギャハハ倶楽部・おもしろ素人さん応募係』。

もちろん三人の友達の名前を無断で書いて。

ぴょん
ぴょーん
ぴょーん
ぴょ〜ん
ドガッ

3

ブースカという怪獣がいる。

オレンジ色の体に出っ歯がチャームポイントでブースカ語を喋る。正しくは怪獣ではなく『快獣ブースカ』。四十年前に円谷プロ製作でドラマ化された。

そんなブースカそっくりの生物教師が月伊達高校にいた。あだ名はブースカ。ひどい。高校生はあだ名を考えるときに脳を使わない。「ブー」も「スカ」も言ってみりゃオナラの擬音じゃないか。ちなみに母校のホームページには「月高の有名人ランキング」という項目があり、菅原文太、みなみらんぼう、宮藤官九郎らと肩を並べて、現在も「ブースカ」が上位にランクインしている（実話）。

ブースカはたぶん五十代。快獣ブースカよりも歯が出ていた。テスト用紙は舌ではなく前歯で指を濡らして配る。たまに用紙の端に青ノリやニラが付着している。これを月高生は「当たり」と呼ぶ。

ブースカも、ブースカ同様ブースカ語を喋る。出っ歯のせいで人間とは思えないほど滑舌が悪いのだ。

「ひょにょにょにょ核酸とぉ、リボ核酸のぉ、ふにょにょにょ」……ここまでくると「リボ核酸」だけ言えてることが残念にすら感じられる。

ブースカは字も汚い。「三トコンDリやのサイ胞分レつ」などのブースカ語で埋め尽くされた黒板はちょっとした現代アートで、生徒はノートを取るのも忘れため息をつく。書けない、喋れない、出っ歯の三重苦でも教師になれることを彼は身をもって証明していた。

ブースカのテストは点数制ではなく「ヨシ！」「やレ！」「ダメ！」の三段階評価である。ヨシとダメは分かるが「やレ！」って何だ。「やレばできるじゃないか！」のやレなのか「もっとやレ！」のやレなのか、はたまた「殺《や》レ！」なのか。そもそもなぜ「レ」はカタカナなのか。

ブースカの話はもういい！　俺の話をしろ。


今回は男尊女卑の話。

よく言われる。「宮藤は基本、男尊女卑だから」と。否定はしない。だってその通り

ってあげない。これも男子校に通った弊害だ。

だもん。

女性には罪はない。むしろ女の前でキャラクターを平気で変えられる男の浅ましさが耐えられないのだ。さっきまでチンコの皺《しわ》伸ばしてた手で車のドア開けてもらって女は嬉しいのか。そういうスマートぶった男の優しさに、僕は未だに馴染めない。さりげなく女性にガムやフリスクをすすめることもできないし、エレベーターのボタンすら押してあげない。これも男子校に通った弊害だ。

月高に入学して早一ヵ月、先輩に罵られ、虐げられ、下駄で蹴られ雪駄《せった》で殴られながら、深夜放送とオナニーでバランスを保ちつつ、なんとか僕は生き延びていた。

生物のテスト中、ブースカの唾がついた答案用紙の裏に僕はコントを書いていた。そう、高田文夫先生が司会を務める仙台ローカルの番組、『㊎ギャハハ倶楽部』のおもしろ素人さん大募集に、僕は応募したのだ。

漫才ブームの洗礼をギリギリ受けた七十年生まれのお笑い好きにとって、ビートたけしは言うまでもなく神であり、そのブレーンである高田文夫は神の頭脳だった。同じ放送作家で、のちに違う神様のところへ行ってしまった景山民夫氏とふたりで『民夫くんと文夫くん』というラジオ番組を持っていた。書ける、喋れる、ギョロメという三拍子揃《そろ》ったテレビ界の快獣。そんな高田先生の前でコントを披露するという一大イベントを目前に控えて、リポ核酸などにうつつを抜かしてる暇はない。書け俺。このコントが東京＝たけし軍団への片道切符に変わるかも知れないのだから。

意外にも菊ちゃんとサッサンはすんなりノッてくれた。勝手に応募したことを責めるでもなく男気あふれるコメントを寄せた。

「やるがらにはよぉ、オンナ子供には分がらねえ男の笑いを思いっきりやっぺ」「んだんだ」つい先週までオンナ子供の話題についていけない僕を見下してたくせに。さてはコイツら、高校デビューに失敗したな。共学に入ったのにモテる気配すらなく、自らレースを辞退したのだ。

なぜ童貞は節目節目でモテようとするのか。

クラス替え、席替え、衣替え。環境が変わればモテのチャンスが巡ってくる。今モテないのは自分ではなく、あくまで環境のせいだと信じ込んでいるのだ。

現実は厳しい。共学だろうが男子校だろうが鑑別所だろうがモテるヤツはモテる。そのかわりモテないヤツは女子校の真ん前に住んでても相手にされない。

ところが例外がいた。ゲンである。

農家のひとり息子で僕らの中でも一番パッとしないゲンは、本来モテてはいけない人

③

間だった。童貞のまま社会に出て鬱屈《うっくつ》した欲望を改造車にぶつけ、地元のフィリピンパブにも飽きた三十代半ばで十歳も下の隣町の役場の事務員と見合い結婚してやたら頰っぺたの赤い子供が生まれ以下略……という人生を歩むべきで、実際、現在の彼はそのコースを邁進《まいしん》中なのだが、高一の春だけ何かの間違いでモテてしまった。追い風に吹かれあっさり向こう側へ行ってしまったのだ。以来ゲンは俺たちから距離を置こうとしている、と菊ちゃんは言う。

「今日も誘ったんだけどサ、もうしゅんとは関わんね、家にも行がねってサ」

おいおい。俺が何した？　確かに中学時代は半裸のゲンに廊下でマイケル・ジャクソンのマネをさせたり、愛犬キャビンと泥んこプロレスさせたりした。文化祭のコントではゲンが愛犬を肩車して、その上から学生服を着せ、体は人間、顔は犬の『犬先輩』というキャラクターで登場させた。詰襟が苦しかったのか、愛犬キャビンは楽屋で吐いた。それを見て僕も吐いた。ゲンは泣いた。

思い当たるフシありすぎだが、とにかく会って白黒つけようとゲンを近くの神社に呼び出した。

境内から五十メートルほど先にゲンの姿を発見し、意外にもすぐに答えは出た。

ゲンは女連れで現れたのだ。

MA−1ジャンパーにチノパンという、急にモテたんでそりゃオシャレも間に合いませんわ的なファッション。髪型は安全地帯時代の玉置浩二風。まさにモテたて男の定番スタイルだ。

問題は連れてる女だ。心の準備はできていた。可愛かったら悔しがる、ブスだったら笑う。しかし遠過ぎてなかなか容姿が判別できない。二十メートル手前に来たがわからない。十メートルまで来た。わからない。鳥居をくぐって石段を登って、かなりの至近距離で髪をかきあげた。それでもわからない。

要するに、なんか微妙なのだ。

「……はじめまして」

ブサイクではない。なんだろ。この感じ。こっちは女と付き合ったことない童貞×3。ハードルはかなり低いはず。母親以外の女だったら普通に羨ましいはず。なのになんだろ。なにも感じない。

「……すみ子です」

わかった。お母さんだ。この人、お母さん顔なんだ。

すみ子には少女らしい可憐さが微塵《みじん》も無かった。十五歳なのにお母さんの匂いがした。母性という意味ではない。もっと無機質で無防備な、お母さんがお母さんらしさを発揮していないときに見せる中年女性のうら寂しさ、倦怠《けんたい》感、疲労感、更年期障害からくるぼんやりとした不安。そんなムードを醸し出していた。十五歳なのに。しかもよく見たら背がとても低かった。背筋を伸ばしても百五十センチあるかないか。しかも小太り。疲れたお母さんのミニチュアだ。総合的に、やりたい盛りの高一男子にとっては複雑すぎた。

「俺たち……付き合うことにしたから」

標準語でそう宣言するゲンの目が心なしか泳いでいる。「俺の彼女、こいつでいいのかな?」と問いかけているように見えた。すみ子も不安げだった。「ほんとに彼でいいんでしょうか?」と訴えかけていた。彼女もゲン同様、急にモテたクチらしい。急にモテると人はびっくりする。びっくりして背が縮んだのかもしれない。

「菊ちゃんとサッサンは知ってるよね、あと、こいつが月高のしゅん」

「……ああ」

あんたが疫病神の、とでも言いたげに鼻をフンと鳴らし、すみ子は眉をひそめた。ゲンからいろいろと聞いているのだろう、蔑みを露骨に表情にあらわし「あっちで待ってる」と言って歩き出した。

カチンときた。なんだよ。性格まで悪いのかよ。

僕は手短に用件だけ伝えることにした。今度の日曜日にお笑い番組のオーディションがあること、できればゲンにも来て欲しいこと、無理ならせめて犬だけは是非《ぜひ》もので貸して欲しいこと……。

「キャビンはダメだ！　妊娠してるから……」

メスだったのか。

「それに……すみッチョンと約束してんだ、子犬が生まれたら一匹あげるって」

すみッチョンて呼んでるのか。

苦い沈黙が流れた。すみ子が遠くのベンチに座り、甘い味のリップクリームを塗りながら無言のプレッシャーをかけてくる。萎《な》えるなあ、この状況。なんで関係ない女に、俺の夢を邪魔されなきゃいけないんだ。もおいい、三人で出ようと言いかけたとき、菊ちゃんが沈黙を破った。

「おめえ来るよな、日曜日」

やばい。サディストモードに突入している。菊ちゃんは時々そうなる。弱い立場の人間を徹底的に追い込むのが好きなのだ。実際、半裸でマイケル・ジャクソンをやらせたのは僕だが、そのまま職員室に行かせたのは菊ちゃんだった。明らかにあれはやり過ぎだった。

「来なかったら、今度は全裸でプリンスな」「それは……やんだ」「じゃあ来いよ」「でも日曜日は俺、すみッチョンと」「あ!?」「すみッチョンと映画を観に」「あ!?」「彼のオートバイ」「あん!?」「彼女の島」「はあん!?」「彼のオートバイ、彼女の島」「はぁ――ん!?」

「ごめんっ！」

ついにゲンは土下座した。つい一ヵ月前、先輩五百人の前で土下座させられ、僕はそれがどんなに屈辱的か身をもって理解していた。幸い狛犬に遮《さえぎ》られ、ゲンの土下座はすみ子のいる場所からは見えない。

「頼む、菊ちゃん頼みます、邪魔しないでください。やっと……やっと俺の時代が来たんだあっ！」

返す言葉もなかった。急にモテて気が動転しているとは言え「俺の時代」は明らかに誇大妄想だ。

「もう笑われたくねえ、オラ、笑われんのもうやんだ、やんだあっ！」

もう笑うしかなかった。ゲンは嗚咽《おえつ》しながら念仏のように「オートバイ、島、オートバイ、島」と呟《つぶや》いていた。

ちなみに『彼のオートバイ、彼女の島』は我らが竹内力のデビュー作である。

「土下座じゃすまねえよな、しゅん」

お、俺か!? この土下座は俺に向けられてたのか？

「もう台本もあるど、ゲンのセリフもあるんだど」

台本はある。が、ゲンのセリフはない。ただ犬先輩として横切るだけだ。顔すら出ない。

「考えろ、おめ、もし受かってテレビ出ても、あの女が見なきゃ問題ねぇべ。だけど、おめ、全裸でプリンスは確実に見るぞ、中庭でやってもらうからな、全校生徒が見るぞ、おめ、終わるぞ、三年間終わるぞ」

鼻水と涙でぐちゃぐちゃになった顔を上げ、ゲンが小さく呟いた。

「……すみッチョンと相談してくる」

いやムリムリ！　ぜったいムリ！　すみッチョンがOKを出すはずがない。すみッチョン・インポッシブルだ！　「私と友達、どっちが大事なの！」的な教科書通りのセリフを女が繰り返し、男はオロオロする。親友のそんな姿は見たくない。僕らは境内の裏手に避難した。ずっと黙っていたサッサンが、タバコを取り出しながら呟いた。

「でもよぅ、あの女、まあまあカワイイほうだよな」

「はあ!?」菊ちゃんと僕は声を揃えた。

「いやいや、学校で何回か喋ったけど、笑うとちょっと荻野目洋子に……」

「似てねーよ！」

菊ちゃんは、火で熱した百円ライターの金属部分をサッサンの首に押しつけた。あの女が笑うのか、という驚きもあったが、僕はサッサンの審美眼の無さに失望した。なんか黙ってると思ったら、サッサン、普通に羨ましかったのか。モテたいという願望は男の視力も奪うらしい。

どれくらい待っただろう。辺りは陽が落ちて、北へ帰りそびれた白鳥がケーッケーッと物悲しい鳴き声を響かせている。

「長えな、ちょっと見てくるわ」菊ちゃんが歩き出した……と思ったら、クルっと方向転換して向き直り、僕に手招きした。もしやゲン、また土下座か？　狛犬の側《そば》まで行き、ベンチのほうを覗き見ると、そこでは信じられない光景が繰り広げられていた。

ちゅぅぅぅぅぅぅぅぅ――――う。

ディープキス！　ゲンとすみ子はディープキスの真っ最中だったのだ。度肝を抜かれた。なんでなんで、なんでそうなる！　ついさっき僕に土下座した男が今、女とディープキスしている。「相談して来る」と言って親友を待たせた男が、ちゅっぱぱちゅぱぱと規則的な音をさせながら女の唇を吸っている。

土下座とディープキスは戦争と平和より遠い。

土下座とディープキスはパンと豚汁より相性が悪い。

土下座とディープキスは……と、女の顔を見て戦慄が走った。すみ子はカッと目を見開いている。その目はゲンの肩越しにセンサーのように動いている。そのセンサーが棒立ち状態の僕をキャッチした。とんとん。すみ子の手がゲンの背中を叩く。ゲンが振り返りこっちを見た。僕は動けない。ゲンも動けない。白鳥の声が聞こえる。

ちゅぅぅぅぅぅぅぅぅ――。

続けるのか！　再開か！　俺にだったら見られてもいいのか！　ナメられたもんだ。

ちゅぱ！　やっと唇を離したゲンがこっちに向かって走って来た。そして吹っ切れたような表情で息を弾ませ、僕にこう言った。

「ごめん、やっぱムリだって」

その唇は甘いリップクリームとヨダレで光っていた。

そしてゲンは二度目の土下座をした。

③

「で、約束通り、彼は来週、全裸でプリンスの『レッツ・ゴー・クレイジー』を踊るそうです」

深夜、僕は家を抜け出し土手にいた。白鳥おじさんは僕の話を聞きながら、中古のゲームウオッチでドンキーコングをやっている。

「ウン、ではウン、三人で出ることにしたウンだね」

マリオが樽《たる》を飛び越えるたびに、白鳥おじさんは少女みたいな声で「ウン」と囁《ささや》きピョンと腰を浮かす。

「はい、まあゲンは、いいヤツだけどお笑い向きじゃないと思ってたし……それより僕がわからないのは」

「うんウン、何かな」

「なんでみんな、彼女ができると僕から離れていくんでしょう」

「そんなの、きみに彼女がいないからでしょうが」

真理だ。身も蓋もないが、それは真理だ。

中学のときからそうだ。しゅんや菊ちゃんとツルんでるとモテない、という不文律があり、友達がひとり減りふたり減り、ついには三人になった。当の菊ちゃんですら、僕から距離を置こうとしていた時期もある。サッサンも時間の問題だ。

「でも、別に彼女ができたって僕と遊ぶ時間はあるわけじゃないですか。なんなら彼女いない僕に、自分の彼女の友達を紹介してくれたり、それが友情じゃ……」

「あーっ！　樽！　また火樽だよ馬鹿！　くそゴリラ！　飛んだろうが！　ちゃんと飛んだろうが！」

ゲームウオッチに本気でキレる四十代小卒に、何を僕は相談してるんだろう。おじさんはスタートボタンを押して、僕に訊いた。

「きみは何をして普段遊んでるの？」

「何ってクワガタ獲ったり、白鳥に消しゴム食わせたり、あとザリガニ捕まえて、尻尾を引きちぎって殻をむしって、それをタコ糸で縛ったやつで永久にザリガニ釣ったり」

「高校生はそんなことして遊ばないんだよ！」

知らなかった。いや、さすがに知ってはいたが、ザリガニ釣りより面白い遊びを僕は知らなかった。

「考えてみたまえ。きみに間違って彼女ができてさ、その彼女の友達に、ザリガニ釣ってる高校生を紹介するか、しないだろう」

意表を突かれた。「白鳥に消しゴム」のくだりがスルーだったのも意外だったが、同じことを両親にも言われたばかりだったのだ。

あれは数日前、僕のトレーナーの袖が生臭いのを発見し、それを過度のオナニーによるものだと解釈した母は父に相談した。仏壇の前で父に問いつめられ、僕は放課後ザリガニ釣りをしていることを白状した。父は心の底から悲しい目をした。母は首を振りながらこう言った。

「しゅんちゃんね、ザリガニ釣ってるしゅんちゃんは可愛いけど、高校生でしょう。エレキ買ったでしょう。あと、うちは文房具屋だから、マンガを描くとかね。みんな大人になってるんだから、どうしてもザリガニ釣りたいなら、遠くの川で釣りなさい」

オナニーはオナニーでちゃんとやってます、と言おうとしたがやめた。

「つまり、僕のほうが子供だって言いたいんですか?」

それには答えず、白鳥おじさんは川原に降りた。川には白鳥が三羽しかいなかった。

「みんなアラスカだかシベリアだかに帰っちゃったよ。だってもう五月だもん」

おじさんは優しい目をしてポケットから食パンを出し、ちぎっては投げた。

「残っているのはね、ケガや病気で体力が落ちて、飛べない子なの、飛びたくても飛べないの」

まさか、この三羽の白鳥を僕ら三人に喩《たと》えて、諸君もいずれ飛び立つんだ的な、ちょっとイイ話に持っていこうとしてる？

「僕がエサをあげないとね、ますます弱ってしまうんだよ……そんな可哀相な白鳥に消しゴム食わしてんじゃねえよ！ 消しゴム食わしてんじゃ━ね━え━よぉ━━っ!!」

やはりスルーしてはくれなかった。闇夜に響き渡る白鳥おじさんの怒号にビックリして、三羽のうち一羽が北へ向かって飛び立った。

「ああまた……二羽になっちゃったもん。やだよ。五月は嫌いだよ。五月なんか死ねばいいよ」

五月病の白鳥おじさんは食パンで涙を拭《ぬぐ》ってこう呟いた。

「台本読ませてよぅ」

え？ 台本てコントの？

「そうだよ、こう見えて僕はコメディに精通してるんだよ。もしバナナの皮が落ちてたら、僕は三十通りのコケ方で笑いを取ってみせるよ」

バナナの皮を探す時間はないので、僕はポケットから台本を取り出して渡した。

「作……白鳥おじさん?」

「ペンネームです。ラジオでハガキ読まれたんで勝手に使ってます、ごめんなさい」

「いいよ。僕は自分のこと『白鳥おじさん』だとは思ってないからね」おじさんはタイヤの上に座った。

「『わっはっは、とうとう追いつめたぞ直販マン』」

「え、声に出して読むんですか?」

「ダメ?」おじさんは小首を傾《かし》げる。

「夜も遅いし、できれば黙読でお願いします」

それは『直販マン』という、当時流行のテレビショッピングをネタにしたキャラクターもので、悪者を倒すのに布団圧縮袋とかテフロン加工のフライパンを使うという、いかにも高校生の考えそうな五分ほどのコント。いま思えば相当に稚拙で恥ずかしい内容だが、十五歳の僕はそこそこ自信を持っていた。

「なんで高枝切り鋏《ばさみ》を二本出すの?」

「そういうギャグなんです、ほら、通販番組って『いまならもう一本!』とか、同じ商品をサービスで付けるじゃないですか」ギャグの説明をするほど不毛な行為はない。おじさんは「テレビ観ないんだよね」と軽く流した。

思えば自分の書いた作品を目の前で読まれるのはこれが初めてだった。たとえ相手が四十代小卒やや金玉デカめの名物オヤジでも緊張はする。ドキドキして、冷や汗で手のひらが濡れ始めた。ドンキーコング同様、おじさんはときおりウンっと声を上げながら腰を浮かせた。

「この『やレ!』っていうのがオチなの?」

「や、違います、それは生物の先生の評価です」

ご丁寧にもブースカはテストと一緒に、裏に書いたコントまで採点してくれたのだ。

「なかなか面白いんじゃない?」読み終えた白鳥おじさんは満足そうに頷《うなず》いた。僕は素直に嬉しかった。

「が、これじゃまだまだ、女子にはモテないね」

「いや、別にこれでモテようとは思ってないし……」

「言い訳してんじゃ——ね——よ——ぉ!!」また白鳥が北へ飛び立ち、とうとう一羽だけになってしまった。

おじさんは唾を飛ばしながら早口でまくしたてる。

「きみにはいまのところモテる要素がほとんどない。でもゼロではない。一度だけ、深夜放送でハガキを読まれた。可能性があるとしたらそこしかないだろう。だったらやれよ! こんなもんで満足してどうする、もっとやらなきゃ、こいつみたいになっちゃうぞ!」と、おじさんは最後の一羽を指差した。急に矛先を向けられ驚いた白鳥は、ムリに飛び立とうとして情けなく水没した。

おじさんの言うとおりだ。帰り道、僕は考えた。勉強も人並み、運動はまったくダメ、エレキはFで挫折、しかも歯並び悪い。今の僕には、この生物のテスト用紙の裏に書いた短いコントしかない。

「やレ！　やレ！」小さな声で呟いていたら不思議と元気が出てきた。ブースカの「やレ！」の意味をやっと理解した気がした。いつしか僕は小走りになっていた。そうだ。やろう。今の僕には笑いしか武器はない。

部屋に戻ってビデオテープを取り出した。白鳥おじさんがわざわざ家まで取りに戻って、貸してくれたものだ。

「いろいろツラいこと言ったけど、これ観て勉強すればいいよ」そう言って渡してくれたテープのラベルには、マジックで『アメリカ』と書いてあった。『サタデー・ナイト・ライブ』を例に出すまでもなくアメリカはコメディの本場だ。ジョン・ベルーシやエディ・マーフィといった一流コメディアンの芸を見て勉強しろという意味だろう。テープをデッキに入れ、念のためボリュームは最小限に絞って再生ボタンを押した。

それは裏ビデオだった。

トレイシー・ローズと愛染恭子が犬のように吠えていた。

半分日本じゃねーかよ。

③

書き直した台本をもとに、翌日からコントの猛練習が始まった。ハナレの二階の、母が日舞の稽古に使っている小さな舞台で、それは深夜まで続いた。

稽古は難航した。直販マン役のサッサンが段取りを覚えられない。それだけならまだ良い。悪役の菊ちゃんがサッサンを本気で殴る。それも予想の範疇《はんちゅう》。

問題は二人が、隙《すき》あらばチンコを出そうとすることだった。菊ちゃんの言う「オンナ子供にはわからない男の笑い」とは、イコール脱ぐことだったのだ。そう言えば中学の文化祭でも、半ケツ出そうと主張して譲らなかったもんな。

高田先生は江戸ッ子だから江戸前の笑いを好む。下《シモ》は厳禁だ。脱いだ途端に終わる。頼むからチンコ出すの止めてくれ、とサッサンにダメ出ししている後ろで菊ちゃんが玉袋をぐいぐい引っ張っている。

「だから！ 出すなって」菊ちゃんは目を丸くする。

「袋もダメなのか？」

「ダメだっつの！ 高田文夫がどうこう以前にテレビ出れねえっつの！」

「毛を剃ればギリギリありだべ」

「ダメだっつの！ だいたいチンコ出す必然ねえべ！」

「んだんだ、必然なく出していいのはケツまでだ」

こんな塩梅《あんばい》だ。

素人というのは間が怖い。間が空くと、それを埋めようとしてニヤニヤしたりよそ見したりする。彼らはチンコやケツで間を埋めようとしていたのだ。舞台をやっている現在でこそ、その心理は理解できる。しかし当時は僕も素人だから頭ごなしに「出すな！」と声を荒げるしかなかった。仕方なく二人はセリフを覚える。不安だから学校でも自主トレをする。高校が違うので僕はその場にいない。当然二人は思う存分チンコを出す。夜、三人で稽古する頃には二人は最初からパンツを履いてない。そんなことを繰り返しているうちに運命の日曜日がきた。

在来線で仙台に向かう間も、チンコを出すことがいかに笑いとしてレベルが低いかを懇々と説明した。僕の洗脳まがいの熱弁に、二人の志気も上がり始めた。

「おう、今日だけは死んでも脱がねえぞ！」

「んだんだ、田舎者にはわからねえ、江戸前の笑いだ」

僕も極度に緊張していたのだろう。「そうだ！　江戸前だ！」と二人の田舎者を叱咤《しった》激励《げきれい》し続けた。

小高い丘に巨大なテレビ塔。それが仙台放送の目印だ。

正門で名前を告げ楽屋に案内されると、そこには二十組ほどのおもしろ素人がひしめきあっていた。そのうち四組はどじょうすくいの扮装だ。腹に絵を描いているオッサンが三人いる。残りはほぼ小学生、そして腹話術の人形を抱いた主婦。

勝てる！　途端に自信がみなぎった。もし自分がこの番組のスタッフだったら頭を抱えるところだが、高校生の僕にとっては敵じゃない、というかほぼ味方だ。どうか思う存分どじょうをすくってくれ、腹を揺らしてくれ。勝ち誇ったような気分で少年役の衣装に着替えた。菊ちゃん扮する悪役、ブースカ星人に連れ去られる少年が僕の役どころ。セリフは三人分キッチリ頭に入っている。念のため、直販マン役のサッサンの手の甲に小道具の名称を順番に書いた。これで段取りを間違える心配もない。

しばらくして、黄色い帽子をかぶったADらしき男性がドアを開けた。「出場者の皆さん、スタジオへどうぞー」

スタジオ!?　オーディションだからてっきり会議室みたいな部屋でやるのかと思っていたら、スタジオに番組のセットが完全に組まれているではないか。カメラもセットされている。オーディション風景も番組で流すということか？　カメラとカメラの間には観覧席が設置され、出場者の身内が百人ほど座っている。

審査員席では司会の三遊亭小遊三師匠、講談の神田陽子師匠、そして真ん中に審査員長の高田ギョロメ文夫先生が、そのギョロメを惜しげもなく光らせている。師匠、先生、師匠。その威圧感たるや、社会の教科書で見た法廷の写真を想起させた。

ふと横を見ると、サッサンが激しく手をこすっている。せっかく書いた段取りが消えかかっている。ヤバい。完全にムードに呑まれている。菊ちゃんを見た。目が殺し屋だ。黒タイツの股間部分の生地をしきりに掻《か》きむしっている。その手を摑《つか》もうとすると、ピシャリと払いのけ「分かってる」と震える声で呟いた。

「はいっ、どども高田文夫です、今日は遠い所わざわざありがとね、ウン、奥さん、ティッシュ元気で留守がいい、なんつてな、バウッ！」

……おお。生バウだよ。しかも自分のダジャレに。ラジオで何度も聞いたその肉声のおかげで、僕は緊張から解放され、何とも言えない幸福感に満たされた。

しかしそれも一瞬だった。一番から順番に、おもしろ素人さんが舞台に上がりネタを見せる。どじょう腹芸どじょうどじょう腹芸ウグイスの声帯模写……。高田先生はときおり「バウッ」と体をくねらせ笑い、終始和やかなムードでオーディションは進行していく。次第に僕は、自分が恐ろしく場違いな存在に思えてきた。そおか。「おもしろ素人さん」というのは、この程度の宴会芸レベルで良かったんだ。高校生が徹夜で書いた中途半端なコントなんか誰も望んではいないのではないか。僕はすっかり自信を失っていた。

「十六番の方、そろそろ出番です」スタッフに案内され舞台袖にスタンバイする。僕の不安をまったく意に介さず菊ちゃんが「勝ったな」と言わんばかりに親指を立てた。

僕は消えて無くなりたかった。

③

「それでは栗原郡からお越しの『白鳥おじさんズ』の皆さんによるコントです。どうぞ！」

拍手の音に弾《はじ》かれるように僕は舞台に飛び出した。視界の端で高田先生が身を乗り出した。僕の最初のセリフは皮肉にも、その時の心境に見事シンクロしていた。

「こわいよこわいよー」

すかさず悪役ブースカ星人が現れる。

「ふょふょふょ、ひょーひょーほひふへはほ」

しまった！　厚紙で作った出っ歯のせいで菊ちゃんのセリフがまったく聞き取れない。稽古の段階では前歯を付けていなかったのだ。実に素人らしいミスである。

「ひょはほふへ」これじゃ本当にブースカじゃないか。

「怪人ブースカめ！　貴様の目的はなんだ！」僕は慌てて菊ちゃんの前歯を引っこ抜いた。

「ふははは、とうとう追いつめたぞ」菊ちゃんは律儀にも冒頭のセリフから言い直した。「俺は怪人ブースカだあ！」これじゃちっとも前に進まない。チラと審査員席の高田先生を見る。

笑ってない。

当然だ。僕は焦ってセリフを三行ほど割愛した。

「助けてぇ！　直販マン！」

出てこない。舞台袖を見るとサッサンは手の甲をジッと睨《にら》みつけている。段取りの最終確認だ。

「直販マン！」段取り確認は続く。

「直販マン！」今度は小道具を指差し確認だ。

「サッサン！」名前を呼ばれて、やっと顔を上げる。

「あ」と小さく叫んで、サッサンは出トチリを悟られまいと、なぜか半笑いで走って来る。

「♪とうきょうゼロさぁん、にーまるまるの……」

日本文化センターのCMソング。黄色い帽子のADさんの「ははは」という、乾いたスタッフ笑いが聞こえた。なんとか持ち直した！　と、念のため高田先生のご機嫌をうかがう。

もちろん笑ってない。

「私が来たがらぬは、もう安スンですよ奥さん！」

微妙なイントネーションでそう言うと、サッサンは台本どおり、一旦ハケて小道具を持って登場する。

「今日ご紹介するのは、こちらのフライパン！」

悲しいかなその手には、布団圧縮袋がしっかり握られていた。

③

「……」あからさまな段取りミスに、咄嗟《とっさ》にツッコミのセリフが出てこない。間が空いた。菊ちゃんが拳を握る。殴られる！　と思ったのか、サッサンは袖に引き返した。間を持てあまし、恐る恐る高田先生の顔を見た。

うつむいている。目玉がいまにもテーブルに落ちそう。

「いまならさらにお得、もう一枚ついてきます！」

サッサンは、律儀にもフライパンを持って来た。

そこは圧縮袋だろう、とツッコミを入れようとするが、口の中がカラカラに乾いて声が出ない。サッサンはパニックに陥り、手の甲と天井を交互に見ている。初めてのおつかい状態だ。そんなサッサンの手から菊ちゃんがフライパンを奪う。そして鬼の形相で襲いかかる。振り下ろしたフライパンが背中に当たって鈍い音がした。僕は高田先生の顔を……もう見れなかった。

「くっそお、こうなりゃトドメだっ！」

そう叫んでハケたきり、直販マンことサッサンは二度と出て来なかった。

どれくらい時間が流れただろう。すがるような思いでフロアを見ると、ＡＤさんがカンペを出していた。

「もう結構です」

その文字が涙で霞《かす》んで僕には読めなかった。ＡＤさんの白いTシャツと黄色い帽子を

バウ
ぺろん
AD
←うんこ
ニラ
青のり
やし!!

見つめているうちに、僕には彼が、白鳥おじさんに見えてきた。

「おじさん、ごめん、僕ダメだったよ」

心の中でおじさんに謝った。あんなに応援してくれたのに、裏ビデオまで貸してくれたのに。ごめん、やっぱり僕は「おもしろくない素人」だったみたい。明日から身の丈に合った生活を送るよ。もうコントは書かない、ラジオにも投稿しない。潔くモテる努力をして彼女作るよ。

おじさんは優しく微笑んで、カンペを一枚、ペロっとめくった。そこにはこう書かれていた。

「やレ!!」

僕は衣装のサスペンダーに手を掛けた。

「しゅん!」思わず菊ちゃんが叫んだ。

気づいたら僕はズボンをずり下げ、あれほど出すなと言ったチンコを、粗末なチンコを出していた。

高田先生が初めて「バウ」と声を上げた。

追記・『笑芸人』(白夜書房)の対談で、この話をした時「覚えてますか?」と高田先生に聞いてみたところ、「覚えてるわけねーだろバウ!」と一笑に付されました。

4

グラウンド脇に「パンダ屋」というラーメン屋がある。その店主と妻が、二階の窓を開け放って白昼堂々セックスをしている、という噂《うわさ》が流れた。

僕らは胸躍らせた。全校生徒の九割がおそらく童貞。数にして八百人の童貞を収容する男子校の隣で、若い夫婦による性の営みが日々繰り広げられている。

夢があるじゃないか。

僕らは屋上からパンダ夫婦の性生活を見守った。いつしかパンダ屋のラーメンは「セックスラーメン」の名で親しまれ、部活帰りの高校生に夢と活力を与えた。当の夫婦は、まさか全校生徒にセックスを覗かれているとも知らず、味にこだわる頑固な主と、それを支える従順な嫁を演じていたものだ。

あれから二十年。舞台の稽古を終え、西荻でラーメン食った帰りに近所のバーに寄ったら、マスターが話しかけてきた。

「俺、宮藤さんの後輩なんスよ、月伊達高校」

二十年近く東京で暮らしていれば、同窓生に偶然会うことも珍しくはない。僕は「へえ」と軽く驚いた笑顔を作り、焼酎のお湯割りを注文した。

「あ、知ってます？　パンダ屋の夫婦、離婚したんですよ」

「うえええええええ――っ!?」

僕は椅子から転げ落ちるほど驚いた。あのセックス夫婦が！　月高生にセックスの素晴らしさを教えてくれた東北のセックス・ピストルズが解散、いや離婚とは！

スタジアム級のリアクションに引き気味の客をつかまえて、僕はパンダ屋夫婦のプロフィール、特に性生活について詳しく熱く語った。語りながらふと思った。

そもそもあの夫婦は、本当にセックスをしていたのだろうか。そして僕は、それを見たのだろうか。

酔った頭で記憶を辿《たど》る。確かに全開になった二階の窓の奥、夫の股間に顔をうずめる嫁の背中や、ベッドでのけ反る夫の恍惚《こうこつ》の表情など、パンダ夫婦のパンダらしからぬ行為が思い出される。が、それは実際に見た光景というより、十六歳の僕が思い描いたイメージが時を経て鮮明になった、という感じだった。うん、鮮明すぎる。ていうかAVだ。

僕は悟った。あれは夢だ。僕の、いや月伊達高校に通うすべての童貞男子による共同幻想だったのだ。隔離され、虐げられ、屋上に集められ、雪駄で殴られ、声が嗄《か》れるま

④

で応援歌を歌わされ続けた童貞どもが、たまたま隣のラーメン屋の、開け放たれた窓を見て、そこに希望＝セックスを見出したのだ。やってやる、いつか俺もやってやると。いい迷惑だ。窓が開いていたばっかりに、してもいないセックスを想像され、魂込めて作った一品に「セックスラーメン」という不名誉な俗称を付けられ童貞から童貞に語り継がれる。この悲しすぎる伝説から逃れる方法は離婚しかないだろう。何より悲しいのは、月高生がパンダ屋を語る場合、セックスの話ばかりで肝心のラーメンの味については誰もコメントしないという事実だ。童貞はセックスを食べていたのだろう。

見てないセックスを見たことにしてしまう。そんないいかげんな人間の、いいかげんな記憶をもとに書かれた小説だから、いいかげんに読んでください。

夏が来た。

１９８６オメガトライブの曲がヒットしていた。

♪き・み・は、しぇんぱ〜しぇ〜ん（１００％）

カルロス・トシキの歌声が日本中の若者を何とも言えない気分にした、そんな夏。やっと下駄にも馴れ、雪駄はむしろ普通の上履きより快適だった。そうか、夏は月高生の味方なのだな。よし。おかげさまでパンダ屋の二階の窓は今日も全開だ。

死ぬほど体感時間の長かった一学期も終わり、夏休みがやってきた。誰もが浮き足立つ季節、ただひとり、死んだ魚のような目で川面を眺める男がいた。

白鳥おじさんである。

夏の間、白鳥おじさんは軽いウツ状態に陥る。白鳥が北へ帰ってしまうからだ。

「夏なんか死ねばいいよ。夏のかわりに冬を一回増やせばいいよ。春冬秋冬。年に二回も白鳥が来るよ」

そんなことを口走りながら、白鳥のいない川原を夜な夜な徘徊《はいかい》する白鳥おじさん。目を合わさないように急いで通り過ぎようとした僕の自転車に、あろうことかおじさんは体当たりしてきた。どがしゃーん！　転んだ僕を見下ろす白鳥おじさん。出所のわからない血が白いポロシャツを赤く染めている。

「ユーの友達に会ったよ、さっき橋の下で。ほら、吉川晃司みたいなヘアスタイルのさ、ニキビの、脂性の、馬づらのバカづらの」

「サッサンですか？」

「キスしてたよ、サッサンすんごいキスしてたよ、ちょっと……興奮しちゃったよ」

ズボンに手を入れ、放送できないモノを放送できない感じでいじりながら、おじさんは僕の顔色をうかがう。

例のオーディション以来、共学組はますます家に寄りつかなくなった。僕がバスケ部に入部したため帰宅が遅くなったというのもあるが、僕の顔を見ると悪夢が蘇るのだろう。まあ、わからないでもない。

実はあのあと番組スタッフから電話があった。「大川興業のメンバーが何人か仙台に来るので、学ラン姿で一緒に歌ったり踊ったりしてくれないか」という、明らかに経費削減が目的の頭数合わせな打診だった。菊ちゃんに相談すると、即座に「それ、モテるのか？」と書かれたマンガの吹き出しが頭上に現れたので、僕は慌てて「モテないよ」と打ち消した。非おもしろ素人さんの烙印《らくいん》を押された僕らが、どんなにテンション高く「♪どーんと鳴った花火だキレイだなー！」と歌っても女子との距離は縮まらない。そもそも日常的に学ランで応援歌を歌わされている僕にとって、テレビ初出演が大川興業のバックダンサーでは夢がなさ過ぎる。僕は丁重にお断りした。そしてサッサンには彼女ができた。

「関係ねっすよ、どうせブスでしょう。そこまで俺、彼女欲しくねーし」

「はまったれんが！」

おじさんは僕を殴ろうとして空振りした。

「え？」

「甘ったれんなって言ったんですよ！　おい！　そうやっていろんなことから逃げるのか！　女あきらめて、お笑いあきらめて、人生まであきらめるんですか！　夏になったら一緒に東京行こうって、あんた約束したじゃないですか！　たかし軍団入ろうって、あんた約束したじゃないですか！」

ものすごい剣幕だ。サンボマスターの原型がそこにあった。

「いや、うん、言ったけど……冷静に考えたら無謀、ていうか、たけし軍団入ったら高校辞めなきゃだし……」

「じゃあ女作れよ！」夏の白鳥おじさんは、切り替えも早かった。「東京行かないヤツは女作ってサルみたいにやりまくればいいんだよ！」

「ちょっと待ってよ。なんでおじさんは、そこまで親身になってくれるの？」

「白鳥がいないからに決まってんだろ！」

予想通りの答えだった。

「ヒマなんだよ、白鳥のかわりにサルでも育ててみるか、てなもんですよ。それとね……」ちょっと困った笑顔を作って、おじさんは呟《つぶや》いた。

「相談されたんだよ、君のお母さんにね」

母ちゃんが!?　白鳥おじさんに!?　相談!?　ありえない展開に僕は絶句した。

「折り紙を買いに行ったんだよ、君んち文房具屋でしょ」

④

四十代半ばのオッサンが折り紙って……。

「白鳥を折るんだよ！　鶴じゃないよ！」

「続けてください、心の声に反応しないで」

「ちょうど高校生が、藤高の制服だったな、女子高生が便箋《びんせん》をね、正しくはサンリオのレターセットだね、選んでたんだよ。あーでもないこーでもない言いながら。そしたら君のお母さん、宮藤泰子さんね、泰子と書いて『たいこ』さん五十三歳がね、こう言ったんだよ」

と、おじさんは唐突に体をクネクネさせた。

「あら〜ん〜ラブレターかしらぁ？　うちのしゅん坊は女っ気がなくてね〜ん〜あ〜は〜ん〜」

母親のモノマネを中年男にされると二乗でムカつく。

「聚楽《じゅらく》よぉ〜ん〜」

ポケットの中で僕は殺意を握りしめた。

「三百二十円です〜やっぱり共学に行かせるべきだったのかしら〜ん〜八十円のお返しで〜す〜」

「ちょっと待って！　それ、相談じゃなくて……立ち聞きでは？」

「そうですよ」おじさんは開き直った。「僕みたいな男に誰が相談するもんか。話しかける者すらいませんよ。コミュニケーションの基本は立ち聞きですよ。でも女っ気ないのは事実でしょうが。お母さんにそこまで言われちゃあ、立ち聞きでも、ひと肌脱がないわけにいかないじゃな～い～」

僕は自転車を起こして跨《また》がった。「逃げるのか！　おい！　またあんた逃げるんですか！」と、元祖サンボマスターの怒声が遠ざかる。

土手から車道を横切ると、母ちゃんが店のシャッターを降ろそうとしていた。

「なーにしてくれてんだコノお！」

「あら～ん、お帰りしゅん坊、美味しくないカレーライス残ってるげど、食べる？」

「……食べるけど」

④

はい！　というわけで今回は親の話。

と言っても東京タワーは出てこないし、たぶん泣けない。ちなみに母は健在だが、父は九年前に他界した。奇しくも僕の二十八回目の誕生日に。だから母は毎年七月十九日に泣き笑いする。

あ、ちなみに父は僕の舞台を一度だけ見に来てくれた。他界する半年前である。よりによってタイトルが『生きてるし死んでるし』。大人計画の公演だ。その中で僕は「OH！警察」という、Oバックのホットパンツを履いた警察官を演じた。ケツ丸出しで指カンチョーしたりされたりして笑いをとり、それを見て父も腹の底から笑っていたそうだ。

つまり父が最後に見た僕の姿はケツ丸出しなのである。息子のナマ尻を見て天国へ旅立つとは、さすがの父も予想してなかっただろう。

よって、これから登場する父はすでに故人である。それを踏まえて読んでください。

茶の間のテーブルには水っぽい失敗カレーと、なぜかカツオの刺身が並んでいた。父の好物だ。宮藤家の食卓はブッキングミスが多い。

「冷奴もあるけど、食べる？」

「食べない！　つーか、女っ気ねえって何だよ！」

「だってそおじゃな〜い、女の子から電話かかってきたことないじゃな〜い」

食べないと言った冷奴をテーブルに出しながら、母がガハハと笑った。

「ねえけど……それを女に言うなっつの、ますます女っ気なくなるべ！」

「醤油《しょうゆ》が出てない、醤油が！」

父がイライラしながらダルマの水割りを飲んでいる。

「氷がない！　氷が！」

母は軽いパニックに陥り、頭が小刻みに揺れ始める。テレビでは『連想ゲーム』をやっている。

「大和田さん岡江さんで、大和田さん」

「ほれしゅん坊、答え隠せ！」

画面下のテロップをティッシュの箱で隠しながら僕は考えた。

この二人もセックスしたのか、と。

したから僕が生まれた。それは間違いない。だが、そのセックスと僕が今したいセックスは同じセックスなのか？　違う。同じであるはずがない。と思いたい。

この世にはいろんなセックスがある。両親の、パンダ屋夫婦の、大和田さん岡江さんの、そして未だ見ぬ僕のセックス。どれも同じセックスなのか。

ビートたけしは違う。なぜなら殿のセックスは『コーマン』だから。先週のオールナイトニッポンも、そのまんま東のコーマン話が盛り上がり過ぎてハガキのコーナーが飛んでしまった。五通も送ったのに。

そうか！　僕がしたいのはセックスじゃない。あくまでコーマンなんだ。

セックスには愛がある。愛は重い。冗談にならない。

コーマンに愛は介在しない。けど夢がある。冗談っぽいのに夢がある。

セックス＝愛、真剣、現実、週刊実話
コーマン＝夢、冗談、非現実、週刊ヤングジャンプ
「さあさあしゅん坊！」父の声で童貞の稚拙なセックス論は中断させられた。ちなみに「さあさあ」はせっかちで仕切りたがりな父の口癖だ。

「さあ！　連想ゲームも終わった、さあ！　風呂入ってさあ！　勉強してさあ！　戸締まりしてさあ！　さあさあさあ！　寝ろ！」

アメリカ兵のようにサーサー叫びながら父は風呂場へ消えた。

「心配なんです」母が標準語で呟く。ここからシリアスです、と区切る感じで。高校演劇をかじった母は、真面目トーンと冗談トーンを巧みに使い分ける。

「やっと生まれた男の子だもの、いつまでも少年の心を失わないで欲しいと思う。でも……ちょっとは失ってもいい、とも思う。高一にもなってザリガニやクワガタを夢中で追いかけるしゅん坊は可愛いけど、その情熱を少しでいいから異性に向けて欲しい、例えば」

そう言うと母は、ドラマなどでよく見かける『息子の部屋に女の子が初めて遊びに来たので、ソワソワしながら紅茶とケーキをふるまう母親』というシーンを、ひとり三役

で熱演した。

「……ね？」

「なにが『ね？』だか、さっぱりわがんね」

「心配したいんです母親として！　いまのしゅん坊は、心配ないのが心配なんです！」

「さあーさあーさあーさあーさあ寝るぞお！」

風呂から上がった父親が茶の間を駆け抜けドップラー効果が生まれる。「やんだぁ、まだ蒲団敷いてない！」母は首振りモードに突入した。


「というわけで、図らずも母のゴーサインが出ました」

また川原に来てしまった。そしてまた相談してしまった。誰からも相談を受けない男に。

「ただ！　セックスは怖い、できれば冗談で……もとい、コーマンで済ませたいんです。あと誰でもいいってわけじゃない。できればそこそこ好きな女子と、相手にも同じぐらい僕のこと好きになっていただいてから、思いっきりコーマンがしたいんです！」

「注文の多い童貞だな」

やれやれ、という感じで立ち上がると、白鳥おじさんはポケットに手を突っ込み小首を傾け「ついて来な」と僕を促し歩き出した。

④

「え、今から⁉　どこ行くんですか？」

「コーマン道場だろうが」

白鳥おじさんの顔が月明かりに照らされ、梶原一騎に見えた。僕は慌てて立ち上がり、おじさんの後に続いて土手を歩いた。

夢《コーマン》をこの手に摑《つか》むために……。

東北の夏休みは短い。八月の四週目から二学期が始まり、すぐに文化祭がやってくる。

月伊達高校の文化祭、それは『伝統』という虎の威を借る狐たちの祭典だった。

早朝四時。僕ら一年生は橋の上に集合する。いつも自転車で通っている約十二キロの道のりを、この日は徒歩で登校するのだ。もちろん下駄で。長さ十メートルの竹竿《たけざお》を担いで。それが伝統。

約四時間、歩きに歩いて学校に着くと、担いで来た竹竿を校庭に立てる。隣町から歩いて来た生徒も竹竿を立てる。その先端で白い旗が風になびいている。

棒倒しだ。一年生が棒を守り、二年生が殴り合っている間に三年生が棒を倒して旗を取る。命がけだ。実際、隣のクラスの菅原くんは僕の目の前で肩を骨折した。先輩五人がよじ登っている竹竿をモロに肩に乗せてしまったのだ。そのまま病院送り。それも伝統。

相手が教師でも、彼らは攻撃の手をゆるめない。後夜祭の野外ステージにて教師に一芸を披露させるのだ。芸がつまんないと生卵を投げつける。これも伝統。

中には伝統を逆手にとる先生もいた。バスケ部顧問の大江先生。彼には持ち歌があった。カラオケ好きが高じて自主制作で『月伊達の女《ひと》』というレコードを出していたのだ。うま過ぎるその歌声に、生卵が三割増で飛んでくる。これまた伝統。

誰もが『伝統』に怯えながら時の経つのを待つ、そんな地獄の文化祭。しかし僕は人知れずニヤニヤしていた。菅原くんが肩を骨折した時ですら、こみあげる笑いを抑えることができなかった。

そう、彼女ができた。

白鳥おじさんのおかげで、この夏僕は、にわかにモテ始めたのだ。

④

ひと月前のあの夜、十六歳になったばかりの僕はコーマン道場の門を叩いた。そこは白鳥おじさんの自宅兼アトリエ、という名のプレハブ小屋だった。

田舎の庭にはプレハブがよく似合う。いい歳して親と同居は恥ずかしい、でも独り暮らしはムリ。そんなニーズに応えるための発明品だと思う。おじさんのプレハブも、母屋の裏にひっそりと建っていた。

「靴は脱がなくていいから」

六畳ほどのスペースは予想通り、白鳥とおじさんの小宇宙だった。壁面が見えないほどびっしり貼られた白鳥の写真。折り紙の白鳥。さらに剝製《はくせい》が三羽、天井から吊るされ羽を広げている。テレビ、ラジオ、ビデオデッキ、パンの耳。本棚には大量のビデオテープ。ラベルにマジックで「白鳥」「アメリカ」「日本」「日本（裏）」と書かれている。白鳥以外はエロビデオなのだろう。

何より驚いたのは先客がいたことだ。部屋の隅で藤高の制服を着た学生が体育座りでマンガを読んでいる。

菊ちゃんだった。

「いや違うって！」僕が何か言う前に菊ちゃんは弁解した。

「サッサンやゲンに彼女ができたからって、別に焦ることもねえし実際焦ってもねえけど、ほれ、なあ、もうすぐ文化祭で、他校から女子も来るべ」

共学に通いながら他校の女子との出会いに期待するとは、菊ちゃんも相当に追い込まれてるようだ。

おもむろにおじさんが立ち上がる。

「とりあえずキッスから始めてみようか」

度肝を抜かれた。いつの間にか、おじさんはセーラー服に着替えていたのだ。

「ちょ、ちょっと待って！　おじさんを女だと思ってキスしろってこと？　それがコーマン道場なんすか⁉」

「くびれるんじゃないよ‼」おじさんの怒号でプレハブが揺れた。

「見くびるなって言ったんだよ！　ええ⁉　おまんらみたいなケツの青い小僧に、この唇は許さんぜよ！　おまんら、ウチを誰だと思っておるぜよ⁉」

「土佐弁？　……まさか」

「南野陽子に決まっているぜよ！」

南野陽子に決まっていたのなら受け入れるしかない。

『スケバン刑事』で二代目麻宮サキを演じ、ナンノの愛称で男子学生から絶大な人気を誇る南野陽子に、今おじさんはなりきっている。ひげ面で、すきっ歯で、セーラー服の裾からビール腹を覗かせるナンノの唇を、貴重な夏休みを賭けて菊ちゃんと奪い合うことになろうとは。入門一日目にして僕は死にたくなった。

しかもナンノおじさんは手強かった。

「もっと会話で楽しませるぜよ！」

「ムードを作るぜよ！」

「褒めるのも、度が過ぎたら逆効果ぜよ！」

矢のようなダメ出しに、手を握ることすらままならないまま五日が過ぎた。馴れとい

④

うのは恐ろしいもので、気を抜くと白鳥おじさんが本物のナンノに見えてくる。

「はいはいはい！　はいからさんが通るぜよ！」

六日目、僕は勇気を出して直訴した。

「あの、すいません」

「なんぜよ？」

「いくらキスの手ほどきを受けても、肝心の相手が見つからなきゃ意味ないと思うんですけど」

「んだんだ」菊ちゃんが助け舟を出す。

「そもそも俺は、一万円以内で誰とでも寝る、口が堅くて後腐れのない、南野陽子似の女を紹介してくれって言ったんだど」

そんな無理な注文してたのか、菊ちゃん。その注文に頑張って応えてたのか、おじさん。

「一万も払って、おっさんとキスなんかしたくねえ！　したくねーわ、させてくんねーわ、つーか紹介できねーなら最初っから言えや！　金返せやコラぁ!!」

キレて剝製を叩きつける菊ちゃん。やばい。今夜は血の雨が降るかもしれない。

「……しょおがねえな」意外にもおじさんは慈悲深い目で立ち上がると、セーラー服の赤いリボンを解いた。

脱ぐのか!? まさかA通り越してBなのか!? 僕は息を呑んで見守った。おじさんは首の後ろに手を回し、ペンダントを外して菊ちゃんに差し出す。

「これ、モテるお守り」

明らかにそれは通販の開運ペンダントだった。

「一万で売ってやるよ」

「いらねーよ!」悪態をついて飛び出す菊ちゃん。長い沈黙の後、おじさんは有無を言わさず僕の首にペンダントをかける。抗えなかった。なぜならその濡れた瞳は、南野陽子そのものだったのだから。

ナンノは僕に、優しくキスをした。

「……あ、言い忘れたけど、彼女できるまでオナニー禁止ね。シコったらそのペンダントが、おまんの首をギューっと絞めるぜよ!」

孫悟空か。その夜、僕は高熱を出した。

④

開運ペンダントの効果か、言いつけを守って禁欲したのが功を奏したのか。出会いは、唐突にやって来た。

夏休みも終わりに近づいたある日、県内のバスケ部が集まって交流試合が行われた。

「よそ見すんな一年! 声出せ声ぇ!」

そう、僕はバスケ部に入部した。

先輩に怒鳴られながらも、その日、僕らは舞い上がっていた。なぜなら女子も同時開催で、体育館のギャラリーには女子高生の姿があったからだ。

「あのぉ、友達に頼まれたんだけどぉ、写真いいですかあ？」

四角い顔の女だった。ちょうど先輩の命令でペヤングのお湯を捨てに体育館を出たところを、四角い女に激写されたのだ。お湯をこぼさないように中腰でソロソロ歩きながら、僕はプロファイリングを開始する。

四角い女は紺色のスカートを履いていた。月伊達女子高の、おそらく一年生だろう。「友達に頼まれた」ということは、そのコも一年生、同い年だ。

可能性はふたつしかない。恥ずかしがり屋の少女が補欠の僕にひと目惚れ、しかし自分で声をかけられず、かわりに顔の四角いおせっかい女が写真を撮りに来た……か、ドッキリ。バスケ部の先輩が女子校の生徒を巻き込んで仕組んだドッキリ。

後者の可能性を残しつつ、圧倒的に前者を信じることにした。やった。モテた！　浮き足立って排水溝に麺《めん》を半分落としてしまったが、手づかみで容器に戻し、僕はツーステップで体育館に戻った。

数日後。宮藤家に初めて女子から電話がかかってきた記念すべき日、母の頭は過去最高の揺れを記録した。

「は、はい、おで、お電話かわりました、宮藤です」

平静を装うためできる限り渋い声を出す僕。電話の向こうで黄色い声。どうやら友達と一緒らしい。「やだどうしよ！ 本人出ちゃった〜」「喋りなよお」「ムリムリ代わって代わってえ」……ああ、この時間が永遠に続けばいいのに。僕は受話器を握りしめ、母は涙した。


「でもさあ、よくきみんちの電話番号わかったよね」

プレハブで、おじさんは焼いたパンの耳をかじっていた。

「電話帳に載ってっから、店の名前。やー俺、初めて文房具屋の息子でよかったと思いましたあ。彼女、僕の写真を定期入れに入れてるそうです」

「名前、なんつったっけ？」

「清水さん。清水圭子さん、同い年です」

「さん付けなんだ」

「はい……まだ会ってねえし」

そうなのだ。電話では何度も喋ったが、僕は彼女に、清水圭子さんにまだ会えずにいた。

「文化祭の最終日に会う約束だったんですけど、恥ずかしくて声かけられなかったっ

④

て」

声から想像する彼女は清楚《せいそ》で、色白で、原田知世そっくりだった。当時王道だった南野陽子や斉藤由貴をあえて外したことで、自分の中のリアリティがぐっと増した。

「しゅんくん、音楽室でライブ観てたでしょう」

彼女は僕を「しゅんくん」と呼ぶことに決めたようだ。

「しゅんくんはどんな音楽聴くの？」

ブルーハーツとBOØWYは王道すぎる。避けねばなるまい。

あぶらだこ。前衛すぎる。ジュンスカ。明るすぎる。有頂天。不思議すぎる。ウイラード。海賊すぎる。44マグナム。メタルすぎる。スターリン。吐き気がするほどロマンチックすぎる。スタークラブ。名古屋すぎる。死ね死ね団、ゲンドウミサイル、ガスタンク、ハナタラシ。

「ブルーハーツとBOØWYかな」

「うそー、おケイも好きなんだ、今度テープに録ってえ」

彼女は自分のことを、おケイと呼んで欲しいようだ。

「……お、お、お圭子さんは、お笑い番組とかは」

「とんねるずが好き」

「あー俺も、俺も好き」

「うふふふ」

「なになになに？」

「『俺』って言うと思わなかったから、意外〜」

ザ・他愛もない会話。脳が溶けてもいいと思った。そして僕は、心に芽生えた危機感を無視できなかった。

　喋れば喋るほどコーマンが遠のいていく気がする。彼女を知れば知るほど、というか想像すればするほど、当初の目的を果たせない気がしてくるのだ。試しに、まだ見ぬ清水圭子を妄想しながら右手でチンコを握ってみたが、途方もない罪悪感に襲われ、久しぶりにエレキをミニアンプに繋《つな》ぎ不協和音をかき鳴らした。

　もはやコーマンはムリだ。そう確信したのは、彼女から手紙を受け取った時である。例によって四角い女経由で手渡された封筒を開けると、ウサギをかたどった便箋に小さな丸文字でこう書かれていた。

「しゅんくんと喋っていると、なんだかホッとするおケイです♡」

違う！　俺はそんな男じゃない！　五回も六回もオナニーして、チンコ痛くて学校休んで七回目を父親に目撃された男。それがしゅんくん。いつか自分でフェラチオするために柔軟体操を欠かさない男。それがしゅんくんの正体。いつか化けの皮が……化けの皮が剝《は》がれる……。

手紙にはスナップ写真が添えられていた。その眩しすぎる笑顔の美少女に向かって僕は呟いた。

圭子さん、きみは僕にはもったいないよ。

「四角い顔だねえ」

「そっちじゃないです、隣でVサインしてるほう」

白鳥おじさんの目は敗北感に揺れ、声は震えている。

「うん、まあ……普通かな」

普通であるわけがない。写真に映る美しさもあることを、清水圭子は教えてくれたのだ。まさに正統派美少女、白鳥おじさんのストライクゾーンのど真ん中だ。十一月だというのにポロシャツ一枚の白鳥おじさんは、土手に寝そべり、僕を見上げた。

「で？　で？　で？　いつコーマンかますのかな？」

「……そのことなんですけど」

「あと一ヵ月でクリスマスだ、追い込みかけないと」

「彼女には会いません！」自分でもビックリするほど大きな声が出た。

「愛が、愛が芽生えてしまったんです。こんな気持ちでコーマンしたら、それは……それはセックスになってしまう！」

親が聞いたらどう思うだろう。僕は少し冷静になり、正直な気持ちを打ち明けた。

「圭子さんの愛は今がマックスなんです。減ることはあっても増えることはない。だったら100パーセントの今が引き際でしょ。ガッカリさせたくないんです」

おじさんは無言で封筒を奪い、裏返して住所を見た。

「……三時間はかかるな」

「え?」すぐには意味が分からなかった。

「会いに行くだよ、今すぐ! 今が100パーセントなら、今夜1000パーセントにするだよ!」

おじさんは土手を駆け降り、小舟に乗り込みロープを解き始める。

「船で行くんスかあ!?」

「急げ! 頑張って漕げば二時間で着く!」

「自転車なら一時間ですよ!」

「いいから乗れ! へいへいへい!」

圧倒された僕が小舟に足を掛けようとしたそのとき、

「ケーッ! ケーケー! ケケケ――っ!」

ついにこの冬一羽目の白鳥が飛来したのだ。「わあ!」と叫んでおじさんは船を出す。

バランスを崩して僕は川へ落ちてしまった。

④

「ごめん！　今日はダメだ！　中止！　中止！」

手でバッを作り、おじさんは川を下る。待ちに待った白鳥を間近で見るために。ずぶ濡れのまま自転車を飛ばす。冷気で顔がビリビリした。彼女の住む町まで、信号無視して五十分。時計は九時を回っていた。会えるのか、そもそも僕は会いたいのか、会ってどうするのか、自問自答を振り切るように全力でペダルを漕ぐ。

彼女の家はすぐわかった。住所を頼りに路地を入ると『清水歯科』という看板が見える。圭子は歯科医の娘だった。

白い洋館。二階の電気は消えている。ホッとしたような残念なような、複雑な、しかし、どこか満ち足りた気分。

よし、ここまで来ただけで充分だ。とりあえず缶コーヒーでも飲んで家に帰ろう、と歩き出した時、

「ただいまー」

聞き慣れた声がした。そう、受話器の向こうから何度となく聞こえてきた鈴のような美声。振り返るとそこに……自販機？　いや、四角い顔が……。

間違えようがない。見慣れた四角い顔の女が、清水歯科の門をくぐろうとしていたのだ。

「あ、どうも」

思わず声をかけてしまった。四角い顔は立ち尽くす。

「えと、なんか、近くまで来たもんだから」

四角い顔の中で、三角の目が見る見る吊り上がる。

「……た、た、ただいまって、さっき言ったよね」

四角い顔が近づいて来る。

「つーことは、まさか……」

「あーオラだよ！　オラが清水圭子さあ！」

四角い清水は涙をためて、アマガエルみたいな声で怒鳴り散らした。

「恥ずかすいから、友達に頼まれたーって、写真撮っただよ！　手紙書いて渡しただよ！　気づけよバカ！　毎日毎晩、電話して来やがってよ！　引くに引けねえべ！　恥かかすなよ！　鈍感！」

「じゃあ、あの写真に映ってた正統派美少女は……」

「ヤリマンだよ！　一万円で誰にでもヤラせるヤリマン女だ！　はは！　ざまあみろ！」

「どした？　圭子、お客さんが？　上がってもらいなさい」

騒ぎを聞きつけ出て来た両親も、四角い顔だった。

有頂天の『BYE‐BYE』を口ずさみながら、僕は清々した気持ちで家路につい

④

た。そりゃそうだ。始まる前に終わったのだから傷つく暇もない。恋とコーマンの呪縛から解放された喜びのほうが大きい。コーマンは東京行って、軍団に入ってから殿のオゴリで思う存分やればいい。その夜は三回シコってぐっすり寝た。

そして翌朝。何となくテレビをザッピングしてたらワイドショーが衝撃のニュースを報じた。

『たけし軍団、講談社フライデー編集部を襲撃!!』

母ちゃんの作ったキャベツのみそ汁を、僕は全部吐き出した。

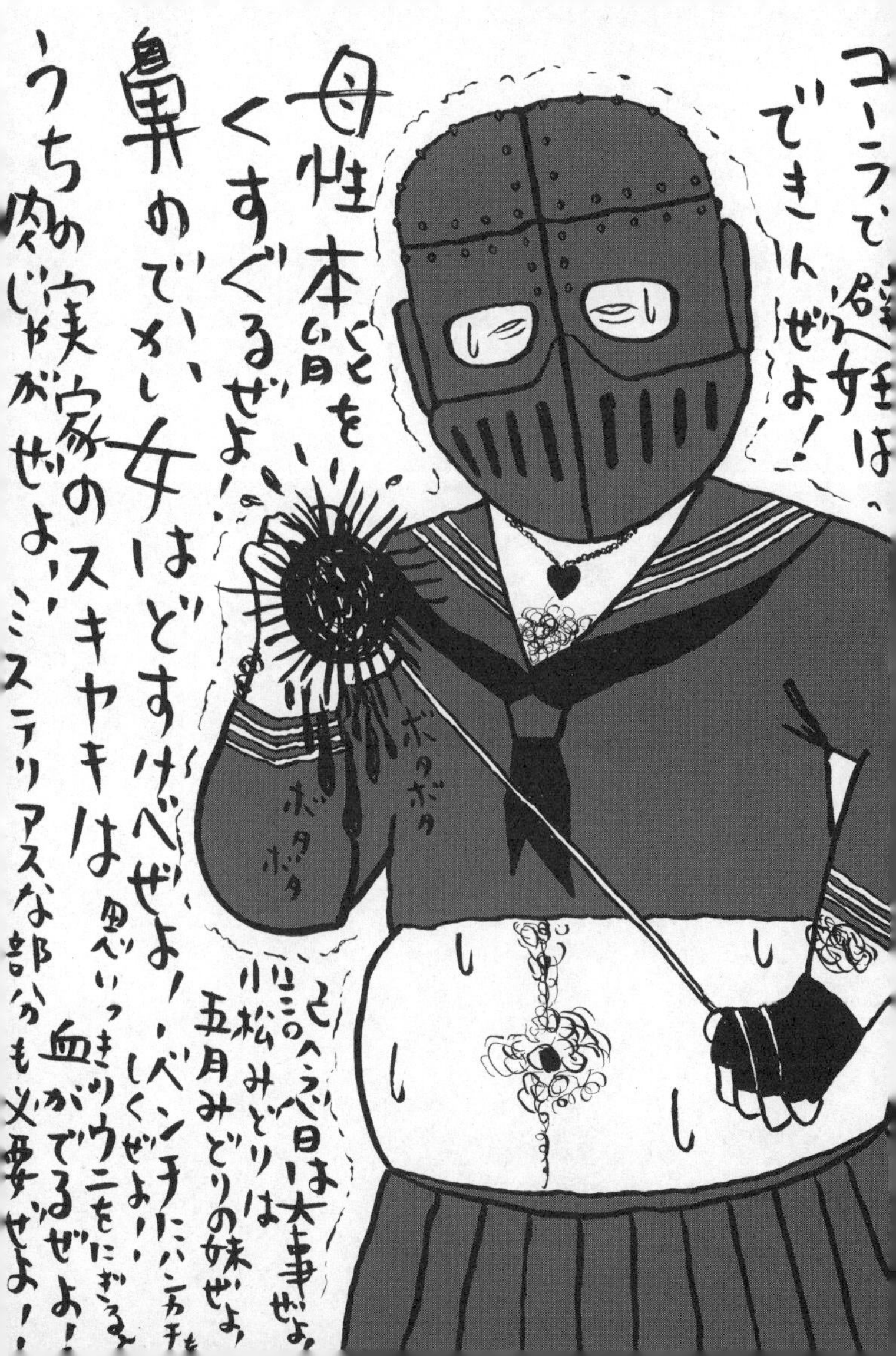

コーラで避妊は、できんぜよ！
母性本能をくすぐるぜよ！
鼻のでかい女はどすけべぜよ！
うちの実家のスキヤキは肉じゃがぜよ！
ミステリアスな部分も必要ぜよ！
ボタボタ
ボタボタ
ヒミのヘスペ目は大事ぜよ、
小松みどりは五月みどりの妹ぜよ、
ベンチにハンカチをしくぜよ！
思いっきりウニをにぎると血がでるぜよ！

5

一九八六年十二月。

ビートたけしフライデー襲撃事件が起こった翌朝、僕は自転車に乗っていた。昨日も一昨日も、そしてたぶん明日も変わらない僕の日常。向かう先は、部屋とYシャツと私の対極にある、下駄と手ぬぐいと精子の匂いが充満する男子校だ。

わりと温暖な宮城県でも、北部ではたまに大雪が降る。下駄の鼻緒はカチカチに凍り、足先の感覚は完全に麻痺している。でも頭は妙に冴えていた。

なぜ僕は、ここにいるんだろう。一時は真剣に、高校を辞めてたけし軍団に入ろうと思っていたのに。なぜみんなと一緒に、下駄の歯をペダルにがっちり嚙《か》ませて農道を走っているんだろう。

スポーツ新聞には事件の概要が載っていた。

写真週刊誌のカメラマンがビートたけし（殿）の恋人（おねーチャン）を強引な手法で撮影し、そのことに腹を立てた殿が軍団を引き連れ出版社に乗り込んだ。その際、傘や消火器を振り回し編集部員にケガを負わせた……。
　わからない。まったくイメージできない。ど田舎の、中産階級の、文房具屋のひとり息子（童貞）にはビー・バップ・ハイスクールの何百倍も遠い世界の出来事だった。わからないくせに、僕は勝手に疎外感を感じていた。なぜ自分がその場にいなかったのか。当日、痔《じ》の手術で入院中のため襲撃に参加できなかったラッシャー板前の悔しさがすごくわかった。連絡がつかず参加できなかった井手らっきょ、つまみ枝豆に対しては怒りすら感じていた。

　僕は焦っていた。世の中の重大な出来事の大半は東京で起こっている。東京が偉いとは思わないが、世の中を動かす人間は東京に集まっている。僕がちょっとモテてちょっとヘコんでる間に東京は目まぐるしく動いている。焦れば焦るほど下駄とペダルはひっつき、後輪の泥よけに雪が詰まって何度も転倒し、やり場のない怒りをオナニーで鎮めながら日々をやり過ごした。

⑤

　それほどまでにあの事件は、当時の僕にとってショッキングでした。まさか十年後、北野武監督作『キッズ・リターン』にカツアゲされる高校生の役で出演し、さらにその十年後、雑誌の巻頭インタビューで「あれはだって、誰がやってもいいようなチョイ役だっての！　ゴックン！」と言われるなんて夢にも思ってませんでした。

そして一九八七年。

殿の番組のいくつかは打ち切られ、いくつかは殿不在のまま放映されていた。殿の復帰の見通しが立たない今となっては、軍団入りの夢は断たれたと言っていい。完全に将来の目標を失ったまま、パッとしない正月を迎えていた。一方で、俄然《がぜん》ハイテンションで土手を疾走する男がいた。

もちろん白鳥おじさんである。

一年周期でバブルが訪れる四十五歳（童貞）は今年の冬も元気もりもりだ。僕が声をかけても「ごめん、今、忙しいんだわー」と目も合わせてくれなかった。

「朝はパンの耳だしょ、昼は米のもみ殻だしょ、で夕方またパンの耳だしょ、もう、どんだけ〜〜〜！」

ごめんなさい。「どんだけ〜」とは絶対に言ってません。ただ、「どんだけ〜」に匹敵する破壊力が、あの時の白鳥おじさんにあった、という意味。ついでに僕は「どんだけ

〜」の使い方がよくわかってないし、わかりたくもありません。

「一〇六羽だよ、まったく、頼むから寝かせて欲しいよぅ」若い嫁さんもらって自慢したくてしょうがない強欲じじいの顔でムフフと笑って、おじさんはバケツの底にはり付いたパンの耳を摘んでひょいひょいと揺らす。一羽の白鳥が音もなく水面を移動して、首を伸ばしてパクっと食いついた。恍惚《こうこつ》の表情を浮かべ、おじさんは初めて僕を見た。

「そういえばニュースでやってたね。きみの好きなツービートたけし？　たかし？　洋八？　逮捕されたんだね」

殿の名前も正確に言えない相手とその話はしたくない。

僕は「はぁ」と受け流し、土手に座り、わざと弱々しい声で呟《つぶや》いた。

「おじさんはいいなあ、白鳥がいて。俺なんかなんも無いっスもん。モテねえし、成績も普通だし、ケンカもたぶん弱いし、バスケも補欠だし」

「お笑いが好きなんじゃなかったっけ？」

「それも……もう無理なんです。第一、同じ学年に俺より面白いヤツ何人もいますもん。月高で一番じゃねえのに、東京行っても……」

「なるほどねえ」

あれ？　なんかいつもと違うぞ。いつもだったら理不尽なキレ方して、胸ぐら摑《つか》んで唾飛ばして、極端すぎる精神論を僕にぶつけるはずなのに。なんなんだ、その菩薩《ぼさつ》のような慈悲深い笑顔は。

「わかるわかるよきみの気持ち。でも、焦ることないさ。そのうち何か見つかるさ、まだ若いんだし。……じゃっ」

「ちょっと待ってください！　そんな……そんな普通の励ましだったら、おじさんじゃなくて、尾崎豊とか渡辺美里で十分ですよ。いつもみたいに罵倒してくださいよ」

「いやーむりむりぃ、そんなあ、きみとは世代が違うし、そもそも僕なんかが前途洋々たる若者に意見するなんて、おこがましいですよフフフ」

満たされてる。今おじさんの心は白鳥で満たされた、白鳥の湖だ！　と同時に彼は完全に僕への興味を失っている。僕が死のうが生きようが関係なーい！　と余裕のスマイルで突き放されたのだ。

「た、他人行儀だなあ、夏の間は暑苦しいぐらい面倒見てくれたじゃないですか」

「夏はだって、白鳥いないからねえ」

おじさんは空のバケツを摑んで坂を登り始めた。

悔しかった。キスまでしたのに。いや、そういう問題じゃない。いつの間にか僕は白鳥おじさんに依存していたのだ。四十五歳の、小卒の、町の者が誰ひとり相手にしないオッサンだけが僕の頼みの綱だなんて。しかも彼にとって所詮僕は白鳥の穴埋め、一〇七羽目の白鳥だなんて。なんだか泣けてくるじゃないか。

「ちきしょお！」僕はおじさんの背中に向かって叫んだ。

「あったあ来た！　こんな町、出てってやるよ！」

これじゃ自分が尾崎じゃないか、と多少気恥ずかしかったがもう止まらない。「人間よりなあ、白鳥のほうが偉いんだったらなあ、白鳥ぜんぶ殺して出てってやるよ！　おまえも殺して出てってやるよ！　変態じじぃ！」

カランカラン。バケツを叩きつける音。おじさんが鬼の形相で振り返り、土手を全速力で駆け下りて来る。えいクソ、殴られたら殴り返してやる。覚悟を決めて僕は両足を踏ん張った。

坂の勢いを利用して加速し、おじさんは飛び上がった。飛び蹴りかよ。

「右足どけろおお――――っ！」

足下を見ると、下駄の下に白い異物が。

白鳥の死体だった。

⑤

数時間後。ハナレの二階に引きこもって僕はレコードを聴いていた。かつては中学の同級生のたまり場だったその部屋は、今は僕ひとりの、淋しい勉強部屋だ。もちろん勉強なんかしない。通販で買ったレコードを聴き、弾けないエレキを肩に掛け、母親が日舞の稽古のために買った大きな鏡の前に立って悦に入る。

鏡の中なら好き放題だ。あるときはRCサクセションのチャボに、あるときはストリート・スライダーズの蘭丸に。ひとり麗蘭。

恥ずかしい。誰かにその姿を見られようものなら、そいつを道づれに即刻自殺だ。

サッサンとゲンはまだ彼女と続いてるらしい。くだらない。菊ちゃんにも彼女ができたそうだ。高校でバンドを組んだのでモテ始めたらしい。

き――――――――――が――――――――――く！　る！　い！　そ！　お――――――！

ブルーハーツのコピーバンドらしい。

ブルーハーツは嫌いじゃない。むしろ好きだ。『ダンス・ナンバー』という曲が一番好きだ。でもコピーバンドは認めない。そんなのくだらねえ。だいたいブルーハーツのデビューアルバムを菊ちゃんにダビングしてあげたの俺だよ。コピーのコピーじゃん！　つーかバンドやるならひと声かけてくれてもいいじゃん！　断るけどなっ！

あーあ。どんなに毒づいても無意味だ。つい数ヵ月前までこの部屋で麻雀牌をジャラジャラ混ぜてただけの四人組の中で、童貞は僕ひとり。みんな結局あっさり向こう側へ行ってしまった。

僕はレコードラックから、ローマ字のSを矢印が貫通した絵のジャケットを取り出し、レコードをターンテーブルに載せる。

オレの存在を、アタマから輝かさせてくれ――――！

スターリンのライブは怖いから観に行かない。だけどミチロウは信用できる。なぜなら東北人だから。

オレの存在を、アタマから輝かさせてくれ――――！

同じ理由でラフィンノーズのチャーミーにもシンパシーを感じる。

栄光をつかめ――――！（Oi！　Oi！　Oi！）

同じ宮城県は気仙沼市の出身なのにMCが関西弁なのは解せないが、去年ロックンロールオリンピックのステージで見たときの興奮は忘れられない。

そう、東北の夏と言えばロックンロールオリンピック。毎年仙台市スポーツランドSUGOで開催される野外ロックフェス。現在でこそ珍しくない夏フェスの先駆けだ。

あれは一九八三年。中一の夏。僕は親に内緒で小遣いを貯めR&Rオリンピックのチケットを購入した。

⑤

伝説のバンド、サンハウスの再結成。
俺のあ〜〜だ名は〜キングスネ〜〜〜エク
ARBにギターの田中一郎がいた最後のステージ。
ユニオン！　ユニオン！　ユニオン！　ユニオン！　ユニオン！
そして大江慎也が在籍していたルースターズ。

やーりたいだけ！　やーりたいだけ！　やーりたいだけ！　やーりたいだけ！
いっそ九州でやればいいのにっていうほど博多めんたい味な豪華ラインナップが仙台に集結した……が、結果的に僕は行けなかった。

　父ちゃんにチケットを取り上げられたのだ。

　土下座という、ぜんぜんロックじゃない手法で直訴したが父は岩《ロック》よりも頑固だった。

「ロックンコンサートなんか高校生ぬなってからだバカこの！　さあさあさあさあ寝ろ！」

　というわけで三年待って高校生になり、やっと参戦したR&Rオリンピック86。その模様を、さっきから鏡の中の僕は忠実に再現していた。アクシデンツ、ローザ・ルクセンブルグ、アップビート、なぜかバブルガム・ブラザーズ、遠藤ミチロウ（ソロ）、ラフィン、スライダーズ、そしてARB、ルースターズ（ボーカルは花田裕之）、BOØWY……だいたい出演順に、ひとりR&Rオリンピックしながら、大トリのシーナ&ロケッツの登場あたりで、ふと考えた。

　バンドマンになれねえかな。

　そうだ。バンドで生活しよう。そんなにロックが好きならやればいい。Fのコードは鳴らないが、そんなの東京行ってからだ。

　あっあっあっあっあ〜〜〜っ！　甘くて酸っぱいレモンティー――あぅ！

「しゅん坊〜〜」

Aコープで九百八十円で買ったサングラスをかけた。鏡の中に、Fが鳴らない鮎川誠がいた。そうだ、俺はバンドのギタリスト。シーナみたいな、人前で平気でパンチラしながらタンバリンを振って歌う、そんなビッチな嫁を探すんだ。

あっあっあっあっあ〜〜〜っ！

「しゅん坊〜〜〜」

シーナが俺を呼んでる。鏡の中から飛び出すんだ！

あっあっあっあっあ〜〜〜っ！

いつの間にか鏡の中にシーナが、鮎川に寄り添うように立っていた。浴衣を着て頭を小刻みに振るシーナは、身長百五十センチほどのおばさんだった。

「しゅん坊、そろそろ踊りの稽古始めるから、外で遊んでくれる？」

「……母ちゃん」

次の日、僕は勉強部屋にカギを付けた。

長く長く長かった月伊達高校での一年目が終わろうとしていた。

あまりにスパルタな日常に耐えきれず、僕のクラスだけで四人が不登校になった。万引きや喫煙で無期停学を食らい、そのままフェイドアウトする者もいたが、それ以外はこの春から二年生になる。

振り返ると辛いことばかりでもなかった。

男子校だけあってエロ関係の物資調達ルートは豊富だった。クラスにひとりは裏ビデオを所持している者がいて、トレイシー・ローズの無修正版などが定期的に回ってきた。学校裏にスクラップになったバスが一台棄てられていて、その中にエロ本がビッシリ詰まっているのを発見するという、スタンドバイミーな出来事もあった。

エロを通じて友達もいっぱいできた。中でも鮮烈だったのは、マツくんという同級生だ。

高校で僕は「くどう」か「くん」と呼ばれていた。

「くん、くん、一緒に帰ろうぜ」

そう言って自転車で帰宅途中、マツはいつもの通学路を逸《そ》れて、ひと気のない山道へ入って行く。坂を登り切り、下り坂が見える見晴らしのいい場所に来ると、マツは自転車を止め深呼吸した。

「く、くんよう、お、お、女のケ、ケツ触りだぐねーが?」

ドモりながらそう言うと、マツは自転車のスピードを上げた。みるみる引き離されマツの姿は小さくなって行く。マツの前方にヘルメットを被った、ジャージ姿の女子中学生がひとり自転車をこいでいた。マツはぐんぐんスピードを上げ、背後から女子中学生に近づいた。ま、まさか……と思った瞬間、マツは右手をハンドルから離し、女子中学生の尻へと伸ばした。

「ま、マツくん、それ痴漢！」

スパン!!

爽快《そうかい》な音が山にこだまして、悲鳴が聞こえた。

スパンキングかよぉ。

夕暮れの山道、見ず知らずの男子高生にいきなり尻を叩かれた女の子は、驚きのあまり自転車を止める。しかしスパンキング魔は山の向こうへ消えている。仕方なく後ろから来る別の月高生、つまり僕を睨《にら》みつける。

僕は正面を見据えて通り過ぎた。

⑤

そして二年生になった。

二百人を超える新入生が入学してきて、廊下やトイレですれ違うたびに「押忍！」と挨拶してくる。

この伝統がすたれない理由がよくわかった。気持ちいいのだ。大声で挨拶される快感というのが、日本人には間違いなくある。居酒屋の店員が大声で接客するのはそのせいかもしれない。まあ、イラっとくることのほうが多いけど。

あれほど恐ろしかった対面式も、逆の立場で参加すると、ずいぶん印象が違った。

「新入生、在校生に礼！」

「押〜〜〜〜〜〜〜〜忍っ！」

「早ええっ！」

ドダダダダダダダダダダダダダ——————ッ‼

気がついたら、僕は力いっぱい床に雪駄を打ちつけていた。不思議と悪意はない。むしろ新入生と打ち解けたいという親睦《しんぼく》の気持ちのほうが強かった。

要するにこれはプレイだ。新入生歓迎プレイ、質実剛健プレイなのだ。誰も本気で下級生をいたぶるつもりはない。SMプレイは信頼関係の上に成り立つという。これは二百人対五百人のSM。ムチが雪駄に変わっただけなのだ。

そう考えるようになったのも、僕がこの校風に、月伊達高校に毒された証拠かもしれない。が、毒されつつもあの日の誓いを忘れてはいなかった。その証拠に学ランの下には、通販で買ったピストルズのTシャツを着てるし、左指の先端は皮が剝《む》けてツルツルになっている。

バンドマンになる。そう誓って数ヵ月、僕はエレキと格闘した。Fのコードも克服した。パワーコードという押さえ方があり、6弦と5弦のFのポジションを押さえて鳴らせば、簡単にFっぽい、しかもロックっぽい音が出るのだ。なんだよ、早く言えよ。おかげで今では、バンドスコアを見ずにいろんなバンドのレコードに合わせてコードをかき鳴らせるようになった。

エレキを持っていることすら学校の友人には内緒にしていた。言ったらバンドに誘われてしまう。バンドやって、女にモテでもしたら、あの決意が揺らいでしまう。東京へ行くんだ。新宿ロフトでバイトしながら仲間を探してバンド組むんだ。

僕は綿密な計画を立てた。

六月に修学旅行がある。行き先は京都だ。上野駅で東北新幹線を降り、東海道新幹線に乗り換えるために東京駅まで山手線に乗る。

簡単だ。東京駅で降りなきゃいいのだ。

そうすれば電車は勝手に新宿へ向かう。中央線を使うという手もあるが、いかんせん電車に乗り馴れてない山の高校生、迷子になる可能性大だ。ここは遠回りでも乗り過ごし作戦をとろう。少し無謀な気もしたが、広島から泳いで上京した吉川晃司のことを考えれば、僕の計画は慎重かつ堅実だ。

出発前夜、両親が寝静まってから荷造りをした。エレキは持っていかない。ギター背負って修学旅行に行くヤツはいない。時間はかかるだろうが向こうでバイトして買おう。ラジカセとテープ、なぜか斉藤由貴が表紙の『BOMB!』それからおニャン子クラブのファンクラブ、『こニャン子クラブ』の会員証、通販で買ったBLACKのボン

⑤

デージパンツ、ガーゼシャツ。それらをギチギチに詰め込んで完了。エロ本関係を紙袋に詰めて、僕は靴を履いて勝手口から外へ出た。白鳥おじさんにお別れを言うために。

あの冬の日、充実した笑顔で突き放されてから、僕はおじさんに会ってない。登下校時も土手を通らずわざわざ遠回りしておじさんとの遭遇を避けた。なんとなく、自分の弱さを知られた気がして会いたくなかった。

でも今は違う。強く固い決意のもとに、翼を広げて故郷を飛び立つ僕の門出を祝って欲しかった。

「京都なんか知らねーよ、湯葉食ってりゃいーんだよ」

案の定、おじさんはウツだった。土手に座り、白鳥が一羽もいない川面を恨みがましく睨みつけ、伸び放題の鼻毛を抜いている。

春夏秋冬は、おじさんにとって鬱《うつ》鬱鬱躁なのだ。

「京都じゃなくて、東京です。俺、ロックやるんです」

「ロックってアレか、アン・ルイスか」

「ええと……歌は歌わないんです、ギターを」

「ギターって、桑名正博が持ってるアレか」

横に置いてある紙袋の中身が気になるのだろう、会話もテキトーだ。

「あ、これ？　部屋にあったエロ本とかビデオ、親に見つかるとヤなんで処分しようと思って……良かったら」

良かったらの「ら」を言い切る前に、一冊目を手に取ると、おじさんはザザザっとページをめくり「助かるよ」と真顔で呟いた。

「ロックか……ロックはぜんぜん詳しくないけどね、一曲だけ好きな歌があるんだ。お別れに歌ってあげよう」

え！　今ここで⁉

「きみはマーク・ボランという男を知ってるかい？」

まさかおじさんの口から、グラムロックのスターの名前が出るとは……僕は驚きを隠せなかった。

「彼がやってたT-REXというバンドの曲で『ライド・ア・ホワイトスワン』というのがある、直訳すると……」

「『白い白鳥に乗って』ですね」

「そう、そんな歌をね、マーク・ボランが歌ってたね。まあ、その歌を、僕は聴いたことないんだけど」

「あ、ないんだ」

「そんな歌を歌うからねえ、マーク・ボランは死んだんだよ！　黒人の女が運転する車で事故って地獄へ堕ちたんだよ！　白鳥の罰が当たったですよ！」

僕の胸ぐらを掴み、唾を飛ばしながら叫ぶおじさん。久しぶりのおじさん節が帰ってきた。

「ざまあみろだ！　だってそうだろ！　白鳥は乗物じゃないよ！　生き物だよ！　そんなこともわからないイギリス野郎なんか！　ヘイ！　♪ちっちゃな頃から悪ガキでえ〜」

チェッカーズかあ。夜の川に向かって『ギザギザハートの子守唄』を熱唱するおじさんの背中を、僕は黙って見つめていた。仲間がバイクで死ぬあたりまで……。

翌朝、何も知らない両親に見送られ、僕は家を出た。

「お腹の薬持った？　保険証のコピーは？」

「ガラの悪い連中にカラまれたらな、キンタマ蹴って逃げんだぞ」

的外れな父ちゃんのアドバイスにも「うんうん」と頷《うなず》きながら、僕は学校行きのバスに乗り込んだ。

さよなら父ちゃん、母ちゃん、文具センタークドウ。次に帰って来るのは何年後かの夏、R&Rオリンピックに二人を招待するよ。それまでどうか、待っててくれ。

そして……その夜、僕は京都の旅館にいた。

うっかり東京駅で降りてしまったのだ。

我ながら自分の意志の弱さに笑っちゃう。正確には郡山を過ぎた頃には、すっかり楽しくなっていた。二年三組三班の班長でもある僕は、迂闊《うかつ》にも東京駅で「みんな降りて降りてー！」とリーダーシップを発揮し、人数確認までしてしまった。そもそも東京で行方不明になるはずの僕が、班長をやっている時点で計画は失敗していたのだ。

だが、諦めるのはまだ早い。帰りがある。

帰路はバス移動だ。そして東京でトイレ休憩がある。最悪、同じ班のヒロアキ、かずん、佐々木、ヒデ、そしてスパンキング王マツさえ言いくるめれば脱出可能だ。

そうだよ。バンドマンになるのは修学旅行気分を存分に味わった後でもぜんぜん遅くないもんな。思い出づくりだよ。仲間たちとの思い出を胸に、僕は東京の人混みに紛れる……はずだった。あんな出会いがなければ。

⑤

修学旅行の三日目に訪れた嵐山で、事件は起こった。

自由行動の時間。タレントショップや土産物屋が軒を連ねる通りを抜けて、我が三班は……名前は忘れたが、立派な橋を渡っていた。地元の川とは全然違う澄んだ水が、太陽の光を反射しながらサラサラと流れている。

ん？　僕は思わず立ち止まった。

向こう岸の川原のベンチに真っ白なブラウスを着た、女子高生と思《おぼ》しき少女が座っている。

はじめは、幻影かと思った。

距離にして五、六十メートル。かなり遠かったが、乱反射する光に包まれ、そこに佇《たたず》む少女の姿は、それだけで絵になるほど眩《まぶ》しかった。ブスとかカワイイとか関係ない。あの空間に存在すればウンコもダイヤモンド。シチュエーションの勝利だ。

気がつくとヒロアキもかずんも、いや、我が二年三組三班の六人全員が立ち止まり、口を半開きにして同じ方向を見ていた。美しい光景を目の当たりにした時、人はキレイな音でドモる。

「……は、班長」マツが呟いた。

「……シャナナ、ナンパすっぺ」

その言葉を合図にダッと一斉に走り出す。

「お、おい、待て！　待った！　待たれ――――い！」

出遅れたが、班長として構成員を統率する義務感に駆られ僕は走った。橋を渡り切り左折、土手の傾斜をザザザっと特殊部隊のように滑り降りながら奇声を発する山猿の群れ。その音で少女が振り返る。

出会いはスローモーション。ゆっくり振り向いた彼女はショートカットの美少女だった。僕が十六年の人生の中で肉眼で見た女の子が……というか、江口寿史のイラストを含むあらゆる「少女」的なものすべてが、彼女に出会うための前菜《オードブル》だったと思えるほどに彼女はキラキラと輝いていた。ベンチの上には飲みかけのＨｉ－Ｃオレンジの缶。まるで美術さんか小道具さんが、彼女の爽やかさと甘酸っぱさを強調するために置いたかのように、効果的に配置されている。

完璧だ。どこをとってもきみは完璧さんだ。

なんかすいませーん！　僕は心の中でいろいろ謝った。騒いですいませーん！　不細工ですいませーん！　歯並び悪くてすいませーん！　生まれてきてすいませーん！　すいませ――ん！　網替えてくださあーい！　あとナムル盛り合わせー！　すいませーん！

我が二年三組三班の構成員六名も同じように感じたのだろう。すっかり勢いを失っていた。裏ビデオの性器どアップ画面なら何時間でも凝視できる強者六人の目が泳ぎまくっている。というか六人じゃなかった。騒ぎを聞きつけた七班の五人がいつの間にか合流していた。

我らがスパンキング王マツくんが突破口を開いた。いきなり走り出すとベンチに飛び乗り、Ｈｉ－Ｃオレンジの缶を「へ――イ！」と叫んで蹴ったのだ。僕は絶句した。マツくん、それはナンパじゃないよ。

「ヘイねーちゃん写真撮っぺえ！」

使い捨てカメラを僕に預けると、マツはハイシー（彼女のことを僕らはそう呼ぶことにした）の横にくっついて座った。当然のように僕は、マツがフレームから外れる位置でカメラを固定しシャッターを押した。そこから先は、ナンパという名の精神的レイプ。「おらも！　おらも！」とハイシーちゃんの横に入れ替わり座ってはカシャ！　ジジジジ…カシャ！　ジジジジ…カシャ！　と撮影会が始まる。

「なぬしてんだ、ひとりで」「修学旅行が？　友達とはぐれたのが？」「名前は？　どっから来た？」

最初は怯《おび》えていた彼女も、初めて聞いた山の言葉に気を許し、思わず吹き出した。

ハイシーちゃんは地元の高校三年生。つまり僕よりひとつ年上だった。

「学校休んで、病院行った帰りなんです」

京都特有のイントネーションが耳に心地いい。いつまでも聞いていたかった。

「写真送っから、住所教えろ！」

ヒロアキが班長の僕を差し置いて紙とシャーペンを渡した。彼女は素直に従った。あっという間に自由時間は終わった。十一人の山猿はハイシーに別れを告げ、土手を登った。橋の上からもう一度、僕は彼女のほうを振り返った。

彼女は手を振ってくれた。

バスに戻ると興奮した山猿たちが、ハイシー直筆のアドレスの奪い合いを始めた。僕は班長として、サル山のボスとして事態を沈静化させなければならなかった。

「おぢづけ！　まず、紙はおらが預かる」

ウキー！　キキ――！　と罵詈《ばり》雑言《ぞうごん》が飛び交う。僕は、住所は宿に帰ってから書き写させると約束し、そのかわり撮影した者は速やかに写真を焼き増しして、あの場にいた全員に配るように指示した。

「住所わかってんだからよお、明日の自由時間にハイシーの家に行ってみんべ」

「んだんだ！　鉄は熱いうちに打だねば！」

「つーがよう、104さ電話したら住所がら電話番号もわかるんでねえが？」

ウキキキキ――!!　猿たちの奇声を聞きながら、僕はハイシーの最後に見せた笑顔を回想した。何度も。手を振りながら、彼女は少し淋しそうだった。宿へ戻って蒲団に入っても、あくる日、新京極で地元のヘビメタ野郎にカラまれ、キンタマ蹴り損ねて追い回されている最中も、清水の舞台に立っても、奈良で鹿に鹿せんべいを食べさせてる間も、ハイシーちゃんの憂いを含んだ笑顔が頭から離れなかった。次第に妄想ゾーンに突入していくのが自分でもわかった。

きっと彼女は友達が少ないのだろう。無理もない。あんなに完璧さんじゃあ周囲の非完璧な女子、つまりブスどもが妬《ねた》まないわけがない。男子だって、あの可憐さの前では気後れするだろう。だからあんな時間に、平日の正午前に、川原のベンチに座ってたんだ。あの淋しそうな表情は、孤独な日常からの救済を求めるサイン。記憶の中で彼女の唇が微かに動き出す。僕は耳をすました。

「……私も、連れてって」

キモっ！　俺キモっ！　いや俺だけじゃない。あの衝撃の出会いのあと、我が三班と七班の男子は終始ニヤニヤしている。具体的に言葉に出さないのが、かえって彼らの本気度を物語っていた。その証拠に自販機があると必ずHi-Cオレンジを購入し、名残惜しそうにチビチビ飲んでいる。中にはそのオレンジ色の液体を手に取って頬にすり込んでいる者もいた。

みんなキモっ！　このバス、崖から落ちればいいのに。で、俺だけ助かればいいのに。

手紙を書こう。ふたりで撮った写真を添えて。返事がくる。きっとくる。そしたら返事を書こう。また返事がくる。返事を書く返事がくる……つまり文通だ！　幸い家に帰ればペンも便箋《びんせん》も封筒も売るほどある。売っている。文房具屋だから。その気になれば、どっちかが年老いて死ぬまで文通できる。

揺れるバスの中、僕は目を閉じて彼女への手紙の、書き出しの文章を考えた。彼女を孤独から救う一文を。

そして……うっかり爆睡してる間にバスは東京を過ぎ、僕は元気いっぱい家に帰って来てしまった。

ウキ？
3班？
スパーン
HI-C

バンドマンとか、ロックとか新宿ロフトとか、もうどーでも良くなっていた。京都みやげの八つ橋を仏壇にお供えして、僕は店に向かった。そして慎重に選んだ便箋とボールペンと修正液をポケットに突っ込んで、勉強部屋に駆け上がりカギを閉めた。

6

「拝啓。覚えてますか？　六月九日の十一時半ごろ、嵐山の川べりで突然声をかけた修学旅行生、宮城県立月伊達高校二年三組三班で班長やってた宮藤です。あの時は大勢で騒いでスイマセンでした。写真ができたので送ります。右から三番目、ドクターマーチンの安全靴を履いているのが僕です。えっと、」

ここまで書くのに六時間かかったよ。

初めての文通。初めての異性への手紙。推敲《すいこう》に推敲を重ね、さらに推敲の生クリームを織り込んだ推敲のミルフィーユは、結果的にあっさりした仕上がりになった。

時計は午前一時を過ぎた。陶酔しきった文章を喩《たと》えて「夜中に書いたラブレター」というが、僕のそれは翌朝を待つまでもなく書いたそばから恥ずかしかった。まず自分の字の汚さに笑っちゃう。下手で、しかも味がない。ヘタウマのウマがない。ヘタヘタ。最悪だ。便箋《びんせん》が面白いようにゴミ箱に消えていく。このLARKのロゴが入ったゴミ箱の底が、そのまま京都の、彼女の部屋に繋《つな》がってたら、この熱過ぎる思いが伝わるのか。

それはマズい。一通目の手紙で全力を出したらドン引きされてしまうことぐらい、文通初心者の僕だって知ってる。第一、ゴミ箱にはもっと恥ずかしいものが放り込まれている。ティッシュとかチップスターのフタとかティッシュとかコイケヤポテトチップスの底にたまったカスとかティッシュとかティッシュとか……。そんなティッシュ＆チップスなゴミ箱行きを奇跡的に免れた一枚の便箋が、机の上に鎮座しているのだ。

いま一度、推敲しよう。

まず「拝啓」という古典的かつ無機質な書き出し。自分のパッツンパッツンな精神状態にブレーキをかけつつ、相手に対する敬意を示す。その後「覚えてますか」と続く。覚えてないわけがない。いきなり修学旅行生に囲まれ肩を組まれ写真を撮られ飲みかけの缶ジュースを蹴られた挙句まんぐり返しされ……あ、まんぐり返しは精神的な意味ね。心をまんぐり返しされたのだ、彼女は。そこまでされて怒らないばかりか住所を書いて渡してくれた女、京都在住のハイシーちゃん（もちろん仮名）に僕は心をチンぐり返された。とんでもない売女《ばいた》、いや聖母がいたもんだ。

ともあれ相手に大きなインパクトを与えておきながら、あえて「覚えてますか？」と確認する謙虚さで間違いなく好感度アップ。しかも「六月九日の十一時半ごろ」と正確な時間を記して、僕はもちろん覚えてますよ、とさりげなくアピール。こんな芸当、ヤツらには真似できないだろう。早くも頭ひとつリード。

結局、あの修学旅行でハイシーちゃんの住所は三班はおろか、あの場にいなかったクラスメートの手にまで渡ってしまった。みんながみんな文通を始めるとは思えないが、母ちゃんの話ではマツくんはすでに店にレターセットを買いに来たらしい。やる気だ。負けられん。差をつけなければ……。そんな思いが「あの時は大勢で騒いでスイマセンでした」という一行に凝縮されている。友達と一緒に騒いでしまったが、それは僕の本意ではない。ほんとは声かけるつもりじゃなかった。遠くからきみを見ているだけで充分だったんだ、というメッセージなのだ。

気持ち悪いでしょうが、もうちょっとお付き合いいただきたい。ええと？「ドクターマーチンの安全靴」正確にはそれはドクターマーチンじゃなかった。本物は買えなかったので半分以下の値段で売っていた現場仕様の安全靴に、ペイントマーカーでキース・ヘリング風の絵を描いたのだ。あれ？ 下駄じゃねえの？ さすがに修学旅行には履いて行かねっす、下駄は。

「えっと、」

三つの平仮名と読点をかれこれ二時間睨《にら》みつけている。なにを書いてもいい。

「えっと、今、辻仁成のオールナイトニッポンを聴いています」

なにを書いてもいいわけではなさそうだ。

「えっと、麦茶を牛乳で割るとミルクティではなくコーヒー牛乳の味がします」

うーん、これはセンスを問われるぞ。

「えっと、で始まるおもしろ作文、できた人、手ぇ上げて、はい好楽さん」

いつのまにか大喜利のお題を出してしまったようだ。しかも好楽さんが答えるらしい。いかんいかん。楽しかったはずの文通が台無しだ。楽しいことを考えろ、楽しいこと。

「えっと、僕の町には白鳥が来ます」

それしか無いのか……まあいい、続けよう。

「冬になると百羽以上の白鳥が一斉に飛んで来ます。その白鳥をたったひとりで世話する、優しいおじさんがいます」

途中から、しわがれ声のナレーションがオーバーラップしてきた。

「毎朝、四時半に起きて白鳥にエサを与えるのです」

……近い。かなり近くで声がする。サッとカーテンを開ける。白ずくめの中年男が、蛾《が》のように窓枠に張りついてプルプル震えていた。

「人は彼を……親しみをこめて、こう呼び……ます」

白鳥おじさんだった。

僕の部屋は二階、窓の外はすぐ隣の精肉店の壁。おじさんは一メートル弱の壁と壁の

⑥

隙間に、ジャッキー・チェンのように両腕を突っ張って浮いていた。

「また暇んなったんですね」迷惑そうに僕は呟《つぶや》いた。白鳥おじさんがもっともウツ状態に陥る夏がそこまで来ている。冬が短かったので、今年こそ完全に精神を病んでしまったと噂《うわさ》になっていた。

「そ～れが、暇じゃないのよお、今年は。ほら、就職したじゃない？　セブンイレブンに」

セブンイレブンがこんな田舎に⁉　いつの間に⁉

「あ、もちろんコンビニじゃないよ、朝七時から夜十一時までね、穴掘ってるの。側溝？　どぶ？　ま、日雇いだね」

それは明らかに労働基準法違反だろう。高校生でも分かるぞ。「あとねぃ」おじさんは窓に顔を近づけた。ガラスが息で白く曇った。

「開けてもらっていいかな」

そういえば、まだ窓を開けてなかった。

「腕が痺《しび》れて感覚がないんだ……開けてよ」

できれば開けたくなかった。部屋に招き入れることで、またおじさんと僕は親密になってしまう。ご近所の目もある。ここは一定の距離を保ちたかった。でも深夜三時過ぎに窓越しに大声張り上げて会話するのも、いかがなものか。

「へいへいへいへい開けろおお――――!!」

もう開けるしかなかった。

「意外とキレイにしてんじゃん」ありきたりなセリフを吐くと、おじさんは土足でズカズカ部屋を横切り、僕のベッドに仰向けになり欧米人のように足を組む。

「それ……」おじさんは赤茶色の編み上げブーツの先端を無造作にカンカンと鳴らす。

「あーこれ？　ドクター……まーちゃん？」

「マーチンですね」。そう、おじさんは僕が喉から手が出るほど欲しかった靴を、『宝島』か『フールズメイト』のモデルしか履いちゃいけないドクターマーチンのワークブーツを履いている。しかも靴紐《ひも》がなぜか蛍光色！

「オシャレは足下から、だよねっ」

と足を跳ね上げ、その反動で立ち上がるおじさん。どうやら自慢は靴だけじゃなさそうだ。ピンと背筋を伸ばしたかと思うと、どがどがどがだだだだ……おじさんタップを踏み始めた。

「板の間だから！　下で両親寝てるから！」

おじさん、今度はカラーボックスの横でホコリをかぶっていたエレキギターをグイと引き寄せデタラメにかき鳴らし、布袋寅泰みたいな声で歌った。

「♪かのじょができたんだじょぉほ～～」

り返して、

（あの娘のために）

「彼女だよ、きみがこの靴の何倍も、何十倍も欲しがってる彼女ができました（敬礼）」

うわー。四十五歳の中年が彼女できてはしゃいでるよ。三百六十度どっちに転んでもヤバい話じゃん。うわーうわー。その先ぜんぜん聞きたくねえよお。うわーうわーうわー。

「あ、これまだ誰にも言ってないから、僕ときみだけの秘密にしといて」

共有したくねー。僕が黙っているのを、嫉妬あるいは羨望と解釈したのか、おじさんは勝手に続ける。

「いやー、恋のチカラって偉大だよ（知らねえよ）ほら僕こう見えて恋愛体質じゃない？（知らねえよ）見慣れた景色が違って見えるんだよお（知らねえよ）もう俄然《がぜん》、夏が楽しみになってきたよ（うるせえよ）就職も決まったしさ（遅えよ）真面目にやるんだ（じゃあ帰れよ七時から仕事なんでしょ？）あの娘のために（どうせブスなんだろ？）ほら、僕より年下だから（当たり前だよ、あんたより年上の女だったらビックリだよ）……聞いてくれてる？」

「ええまあ」僕は演技ではなく欠伸《あくび》した。既に四時半。本気で眠かった。おじさんの話は止まらない。このやろう、七時まで時間を潰す魂胆だな。

僕は逃避した。意識を遠く二十年後に飛ばしてみた。そんなことが可能かどうかはこの際考えないでほしい。

中年のろけ地獄に嫌気がさしたのだ。

三十七歳の僕はすでにモテなくなっていた。

十七歳のモテなさと、それは違う種類のモテなさだ。街で声かけてくるのは八割がた男。「ぶくろさいこー！」とか「タイガータイガー？」とか出会い頭にフラれ、うわずった声で「……じれったタイガー」と応える。たまに女が来たと思ったらツレがいる。カップルだ。「あれ、クドカンじゃねえ？」「うっそマジで？」そんな遠慮のない会話と写メールのシャッター音を背中で聞いているため迂《う》闊《かつ》にＡＶも買えない。ある意味十七歳の僕より童貞だった。十七の僕が銀杏ＢＯＹＺなら三十七の僕は憂歌団。ブルースのようにモテなかった。

三十七歳の僕は、吉祥寺の喫茶店で書き物をしている。小便がしたくなり席を立つ。四、五分後、席に戻ると、パソコンのキーボードの上に一枚の紙キレ。そこには筆圧の薄い字でメールアドレスと、たった一行の文章が書かれていた……。

「お友達になってください」

だ、だ、だ、誰だ!?

慌てて店内を見回した。午前中の喫茶店には散歩途中の老人と親子連れ、ギャル&ギャル男が数名。僕とお友達になりたそうな人種はいない。ということは……トイレに立っている間に、誰かがこのメモを置いて店を出たということになる。

来た！ 久々のモテチャンス！ 「ファンです」とか「観てます」とか「宮藤さんの作品にいつも元気もらってます」とか、そういうのじゃない。「お友達」という響きに無限の可能性を感じる三十七歳。

僕は意識を集中し五分前の、トイレに立つ前の店内の様子を頭の中に再現しようとした。脳内ウォーリーを探せ状態。ん〜〜……確か左側、今は空席になっている壁沿いの席に女の子がいたような気が……ショートカットの……メガネをかけた……白と赤の縞模様の……あ、本当にウォーリー探しちゃった！ でも確かに女の子がいた……カワイイ感じの……でも確信はない。チラ見しかしてない。こんなことならガン見すれば良かった。どうする？ とりあえずメールしてみる？ いや、それはあまりにリスキーだ。第一、その娘じゃない可能性も残されている。正面の席でガムシロップとミルクをウエストポーチに詰め込んでいるババァもいる。うーん、お友達になれるか？ 左手にメモ、右手に携帯電話を握り、三十七歳の僕は固まってしまった。

その時、窓越しに、先ほどのショートカットの女の子が通りを横切るのが見えた。間違いない、僕の隣にいたあの娘だ！　さりげなく、しかしマサイ族並みの視力で彼女を見た。なんと彼女は、本当に白と赤のボーダーのシャツを着ていた。メガネはかけていない……短い髪にはウェーブがかかって、ところどころ白いものが混じっていた。僕は思わず会釈をした。彼女に、いや彼に……。

さっきまで僕の左隣の席にいたのは、棋図かずお先生だったのです。

結局、誰が書いたかわからない「お友達〜」のメモは、シャツのポケットに入れたまま洗濯してしまった。

二十年後のパッとしない日常にも嫌気がさして、十七歳の僕は目覚まし時計の音とともに意識を取り戻す。

寝てしまった。白鳥おじさんの姿はない。カーテンが揺れている……あっ！　手紙！　書きかけのハイシーちゃん宛《あて》の手紙が。悪寒がして机に飛びついた。案の定、おじさんは勝手に続きを書いていた。

「えっと、これが僕の彼女です、カワEでしょう↓」

矢印の先に一枚のスナップ写真が貼ってある。中学生にしか見えない少女が、スクール水着で快活に笑っている盗撮写真だった……。

うわうわうわ——！

重過ぎる秘密を背負わされ、十七歳の僕はとりあえず二度寝した。

夏の県大会を最後に三年生が引退し、月伊達高校バスケット部は我々二年生の代になる。新キャプテンには一番気の弱い清水《シ》《ミ》っちゃんという男が選出された。

部長なんか誰もやりたくなかった。練習メニューを考えて、一年生に檄《げき》を飛ばしつつ、たまに顔を出すＯＢ（三年生）を接待して。ちっとも面白くない。

清水っちゃんは適任だ。なぜなら基本が笑顔だから。笑ってないのに顔が笑っている。スティーブ・ブシェミ似の、ミニシアター系スマイルの持主なのだ。練習前のロードランニングを途中で勝手に折り返しても笑顔。十本ダッシュを六本でやめても笑顔。ショルダーパスで後頭部を直撃したら、さすがに表情が曇ったが、振り向いた時にはもう笑顔。僕は心おきなく練習をサボり、学校横の駄菓子屋ピノキオで臨時集会を開いていた。

佐々木に、ハイシーちゃんから返事が来たのだ。

なぜもっとも地味な佐々木が！　あの日、積極的な行動を何ひとつ取らなかった佐々木が！　思わぬ展開に、二年三組三班のかずん、ヒロアキ、ヒデ、マツくん、そして僕の五人は、般若の形相で佐々木を囲んだ。石井隆監督の映画『GONIN』のポスターみたいに微動だにせず、ただただ睨みつけていた。

「お・お・お・奥に来いやっ！」マッくんが佐々木の胸ぐらを摑《つか》んで奥へ引きずる。

ピノキオにはVIPルームがある。もとは倉庫として使っていたスペースにテーブルゲーム四台を置いてゲーセン仕様にした部屋だ。一年生は入れない。三年生や気合の入った二年はパンダラーメンか国道沿いのコンビニにたむろする。だから二年の、僕らのような中途ハンパな連中だけがたまり場にしていた。

「よ・よ・よ・読めや！」

マッくんの恫喝《どうかつ》に、佐々木は苦笑しながらポケットに手を入れた。息を吞むGONIN。淡い水色の封筒から二つ折りの便箋が出てくる。表情を変えずに匂いを嗅ごうとするGONIN。佐々木が便箋を開く。

「ちょい待てやっ！」GONINの中でただひとりの停学経験者（パチンコ）であるヒデが、絶妙なヤンキートーンで叫んだ。

「下、脱げや」

え、ええ？　なんで!?

「下、脱いで読めやコラぁ！」

ヒデは佐々木のベルトを外すと、ズボンとトランクスを一気に引きずり下ろした。開襟シャツの裾《すそ》から佐々木の、象さんの鼻が見えた。

ひどい。文通相手から返事が来ただけで、こんな辱めを受けるなんて。だがGONINの勢いは止まらない。半泣きの佐々木をゲーム台の上に座らせる。冷たい感触に「あ」と声を上げる佐々木。象さんの下で、『熱血硬派くにおくん』が大暴れしている。

「読めや」今度はかずんが、これまた絶妙なヤンキートーンで促した。便箋を開く佐々木。

「……こ、『こんにちは』」

「ちょい待てや！」しまった。思わず叫んでしまった。ただヤンキートーンが出したかっただけで、特にプランはない。GONINの注目を浴び、引っ込みがつかなくなる僕。佐々木の目も次の指令を待っている。

「もっと……気分出して読めやっ！」

きぶん？？？？？　五つのクエスチョンマークが僕を追い込む。

「文通気分を出して読めっつってんのや！」

いいトーンは出たが、事態は変わらない。GONINは目の動きだけで意思の疎通を計った。

「文通気分てなに？」「わがんね」「原田知世みたいに読めってことが？」「わがんね」

「一回休憩すっか？」「わがんねわがんね」

ヒロアキが突破口を開いた。

「上も脱げって言ってんだ宮藤は！　わがんねが！」

……違うけど、この際それでいい。GONINは佐々木のシャツを脱がせ、自分で乳首をコロコロしながら手紙を読むように命じた。それはもう、返事なんかこなくていい、と我々に思わせるのに充分過ぎる醜態だった。

「こんにちは（コロコロ）佐々木くん（コロコロ）写真ありがとう（コロコロコロ）。あの時はびっくりコロコロしましたコロよコロコロまさかコロコロコロ」

「コロコロやめえやコラぁ！」

「……宮藤」名前を呼ばれて振り返る。VIPという名の倉庫の入口に、キャプテン清水ブシェミの素敵な笑顔があった。

「あーあー分がってる、もうちょっとで終わっから」

乳首コロコロ抜きで手紙を読み始める佐々木。清水も、うまい棒を食べながら興味なさげに聞いていたが、ふと呟くようにこう言った。

「俺バスケ部辞めるわ」

一瞬の沈黙。清水は相変わらず笑顔。

「『佐々木くんて、時任三郎に似てるね』」

「ちょい待てや――っ！」

叫んだはいいが、何から手をつけて良いかわからなかった。とりあえず佐々木は時任三郎には似てない。そして清水がバスケ部を辞めるという。僕は佐々木の象さんを踏みつけ(下駄で)、清水を外へ連れ出した。

「辞めるって、なんで？　おめ、キャプテンだべ」

「うん……やっぱ俺、4番は荷が重いつーが、チームまとめられねえ気がする」

そんなことねえって！　とは言えなかった。実際チームをまとめて欲しくないから清水を選出したのだ。楽するために、サボっても文句を言わない清水が選ばれた。それは本人もわかっていたはずだ。

「あと、親が国公立しかダメって言うから」

これは月高生が部活を辞める時の常套句《じょうとうく》。そう言って実際に国公立大に合格する者は皆無に等しい。国公立志望者は最初っから部活に入らず、ピノキオにも寄りつかず文通もせず、小遣いのすべてを参考書に費やす。それでも受かるのは年に四、五人。そんなギリギリ進学校の月伊達高校において、清水の学力は極めて平均レベル。国公立しかダメ＝進学は絶望的という意味だ。

「ごめんな。もう顧問にも言ったし、決めたことだから」

初めて笑顔じゃない清水の顔を見た気がして、かける言葉が見つからなかった。

その二時間後。部活には顔を出さず、僕は部屋で机に向かって腕組みしていた。清水の退部をきっかけに沸き起こった自分自身の進路への不安。旺文社テストで九百人中六百番台をキープし続けている学力への絶望感。ハガキ職人として伸び悩んでいることへの苛立ち……そんな理由では全っ然なかった。

ハイシーちゃんから返事が来たのだっ！

♪返事が来たんだじょぉほ〜〜〜と布袋声で歌いながら階段を駆け上がる僕の頭は、完全にお花畑だった。

なんだよう。郵便局の配達ミスで一日遅れただけじゃんかよう。YOYO。

「こんにちは」で始まるその文面は『佐々木くん』を『宮藤くん』に変えただけで、ほぼ一緒だった。が、後半部分でオリジナルの展開を見せる。佐々木の手紙の「時任三郎に似てるね」に相当する部分である。

「宮藤くんは班長さんなのですね。どおりで顔に優しさが滲み出ています」

ずきゅ――――――――――ん！

心臓に穴が開いてスースーするような衝撃を受けた。優しいなんて言われたの生まれて初めてっす！　二十年後に意識を飛ばし、三十七歳の僕にも訊いてみた。僕はこの先、あと何回「優しい」と言われますか？　三十七歳の僕はこう答えた。

⑥

「二回だね。一回は大学の頃、中国人に道を訊かれたので教えてあげたら『アリガト優シイ人』って言われた。もう一回は確か『痴漢白書2』っていうVシネに出た時、相手の女優さんがそんなセリフを言った気がする……あ、それは俺が言われたわけじゃないか。一回だね」

聞かなきゃよかった。下がりかけたテンションを上げるために続きを読んでみる。

「宮藤くんは部活はやってないの？」おっと⁉ 質問形式！ 質問には答えるのがマナー。つまり文通続行のサインじゃん！

僕はさっそく階段を降りて、店の便箋コーナーへ向かった。母親が頭を揺らしながらレジを閉めていた。

「しゅん坊、白鳥のおじさんが来たけど、まだ帰って来てないって言っといだよ」

僕は「ああ」と生返事して、黄緑色のレターセットを強奪し、二階ではなく裏のハナレに向かった。おじさん居留守使ってゴメン。避けてるわけじゃないんだ。ただ、今の僕とおじさんはベクトルが違いすぎる。喩《たと》えが良過ぎるけど、布袋と氷室のように、別々の方向へ向かっているんだ。

つーかハッキリ言う。邪魔しないでくれ！

「拝啓。まさかこんなに早く返事をくれるなんて思いませんでした」。本当は佐々木に返事が来た時点で、あのアマ、男を見る目ゼロな上にとんだ尻軽女だぜ！と、ひとしきり毒づいたのだが、そんなことはおくびにも出さなかった。

「部活ですが、僕はバスケット部に所属しています。えっと、」そこまで書いてひと呼吸ついた。その後、僕の右手は、自分でも信じられないような言葉を綴る。

「えっと、一応キャプテンです」

ええっ！　なに俺！　大胆っ！　……でもウソじゃない……いやウソだ！　俺キャプテンじゃないもん。が、清水ブシェミが退部した今、月伊達高校バスケ部はキャプテン不在の状態。明日開かれるであろうミーティングにおいて、もし僕がキャプテンに選出されれば……という条件付きで、この手紙はウソではない。

しかしどうだ？　俺、キャプテンの器か？　今日も無断で練習サボった俺が……つーか補欠じゃん。レギュラーの座を一年生に奪われたばっかだよ。そんな冷静なツッコミと同時進行でもうひとりの自分が、ツラツラと絵空事を書いていく。「練習のメニューを考えたり、一年生に檄を飛ばしたり、試合では状況に応じてフォーメーションを指示したり。大変だけどやり甲斐があります、夢は県大会ベスト8！って感じかな、へへへ言っちゃった」

……怖いぜ、俺のミギーの独創性。

翌日のミーティングで僕は部長に立候補した。遠く京都に住むハイシーちゃんのために。

部員はあっさり受け入れてくれた。清水の素敵な笑顔も捨て難いが、宮藤の練習ぎらいにも定評がある。何より下級生からの信望が厚かった。入学当初からエロビデオを横流ししていた功績が思わぬ形で実ってしまった。

僕はキャプテンとして練習を仕切り、家に帰れば手紙を書き、『スケバン刑事』と『11PM』と『トゥナイト』をリアルタイムで見てラジオも聞いてオナニーもした。期末試験はおそらく絶望的だ。でも気にしない。ハイシーちゃんから手紙が来る。週に一通、必ず来る。僕は二通出す時もあった。いろんなことを書いた。学校のこと、友達のこと、テレビのこと、音楽のこと……手紙の中の僕は、ポパイとDCブランドと辻仁成をこよなく愛するスポーツ青年だった。実際はザ・ベストとジャスコとあぶらだこを愛する性欲の塊。

あれ以来、二年三組三班の間でハイシーちゃんの話題はのぼらなくなった。それが何を意味するか、僕は時々考えた。みんな文通に飽きてしまったのか、あるいは全員が文通を続けてるか。後者の可能性もゼロではない。少なくとも佐々木は続けているだろう。同時に二人と文通するのって結構大変じゃない？　しかし家に帰って机に向かえば、僕はもう手紙の虜《とりこ》。筆奴隷。文通という行為自体に興奮していた。郵便というシステムを介することで生まれるタイムラグ、そのもどかしさが恋愛感情に拍車をかける。もう郵便局に恋していると言っても過言ではない。郵便配達のお兄さんすら、キラキラして見える。ハイシーちゃんもそうに違いない。僕を思うあまり、郵便配達と付き合っちゃうかもしれない。やばい！　配達回数を減らさなきゃ！　どうする？　一回に書く手紙の量を増やせばいいんだ。でも封筒に入らない。

僕は店から業務用の、Ｂ５判サイズの封筒を拝借した。

⑥

そして……夏休みを目前に控えた土曜の午後。久しぶりに二年三組三班の面々がピノキオに顔を揃えた。

みな沈痛な表情だった。重苦しい空気。学生服が喪服に見える。ヒデ、マッくん、かずん、ヒロアキ、そして僕のＧＯＮＩＮは、Ｈｉ－Ｃオレンジで乾杯すると、力なく椅子に座った。

「……まさか……こんな形で終わりが来るとはな」

ヒデくんが重い口を開いた。

確かに驚いた。まずここにいるGONINが、きっちり文通を続けていたことに驚いた。聞けばマツくんなどは、朝と夜、一日に二通出すこともあったという。常軌を逸している。そして今朝、GONINの元へ一斉に届いた最後の手紙……いや、それはすでに手紙ですらなかった。

ハガキだった。

官製はがきの表面に住所と氏名、そして裏面にサインペンで綴られた、たった一行のメッセージ。ハイシーちゃんからGONINへの、偽らざる本心……。

「疲れました」

そりゃそうだ。五対一の文通なんて、アルバイトだってご免こうむる。かわいそうに、心優しいハイシーちゃんはギリギリまで耐えたのだろう。腱鞘炎《けんしょうえん》になってもおかしくないほど文字を書き、時には速達で届けられる五通の手紙に夜毎うなされていたのだろう。きっと郵便配達は背中の曲がった老人だ。抜け落ちた歯の隙間からススと息をもらし「お嬢ちゃん、人気者だあ」と笑うのだろう。そんな日々に耐えられず、終止符を打ったのだ。

にしても……ハガキって！

郵便配達ならまだしも、家族だって読むぜ。実際このハガキを手渡す時の母ちゃんの表情は、まるで召集令状が届いた時の母の顔だった。

「……なんでこんなことになったんだろうな」

ため息まじりにヒロアキが呟いた。お前らが文通やめないからだろう。GONINが同時にその言葉を呑み込んだ。そして誰からともなく、呪いのハガキを『熱血硬派くにおくん』の上に並べる。

「疲れました」「疲れました」「病れました」「疲れました」「疲れました」

三枚目が「びょうれました」になってることとか、どうでもよかった。GONINは泣き疲れた。疲れ切っていた。しかしハイシーちゃんはその五倍も疲れていたのだ。

バスケ部の後輩が顔を覗かせる。

「キャプテン、ロードの時間すけど」

……キャプテン？　ああ、俺のことか。この文通がもたらした最大の遺産は、僕がなりたくもないバスケ部のキャプテンになってしまったことだ。あーあ。でも文句は言うまい。夢を見せてもらったのだから。

「ちょっと待て」かずんが口を開いた。「佐々木は？」

そうだ！　佐々木がいない。GONINじゃない！　俺たちはROKUNINだ！

僕はバスケ部の後輩に佐々木を呼びに行かせた。

「あーごめんごめん、食堂でカレーうどん食ってた」

十分後、ヘラヘラしながら佐々木が現れた。ヒデが立ち上がり睨みを効かせる。

「佐々木ぃ、おめ、あれからハイシーちゃんと文通してんのか、あ⁉︎」いきなりのヤンキートーンに狼狽《うろた》えつつ、佐々木は軽い口調でこう答えた。

「ああ、今朝来たよ、手紙」

「手紙ぃ⁉︎」GONINが一斉に叫んだ。佐々木は悪びれる様子もなくポケットから封筒を出した。ハガキではなく、紛れもなくそれは封筒だった。

「待てやコラぁ！」「なんでオメエだけ封筒なんだよ」怒号が飛び交う。八七年当時、官製はがき四十円。封書が六十円。この期に及んで二十円をなぜケチる！ 苛立ちを嚙《か》み殺しつつ、代表して班長の僕が便箋を開く。そこには彼女が文通をやめる本当の理由が書かれていた。ハイシーちゃんは検査の結果が良くなくて入院するらしい。医学的にも疲れていたのだ。そうとは知らず……僕は心の中で謝った。手紙書きすぎてすいませ――ん。マツくんの嗚咽《おえつ》が聞こえてきた。

「おえっ、おえっ、おえっ」

実際に「おえっ」と口にしながらボロボロと涙をこぼした。ヒデも、かずんもヒロアキも涙した。僕は最後の一行を、「疲れました」ではない最後の一行を読むのをためらった。信じたくない。でも心を鬼にして声に出して読んだ。

「PS、私は……佐々木くんのことが……好きでした」

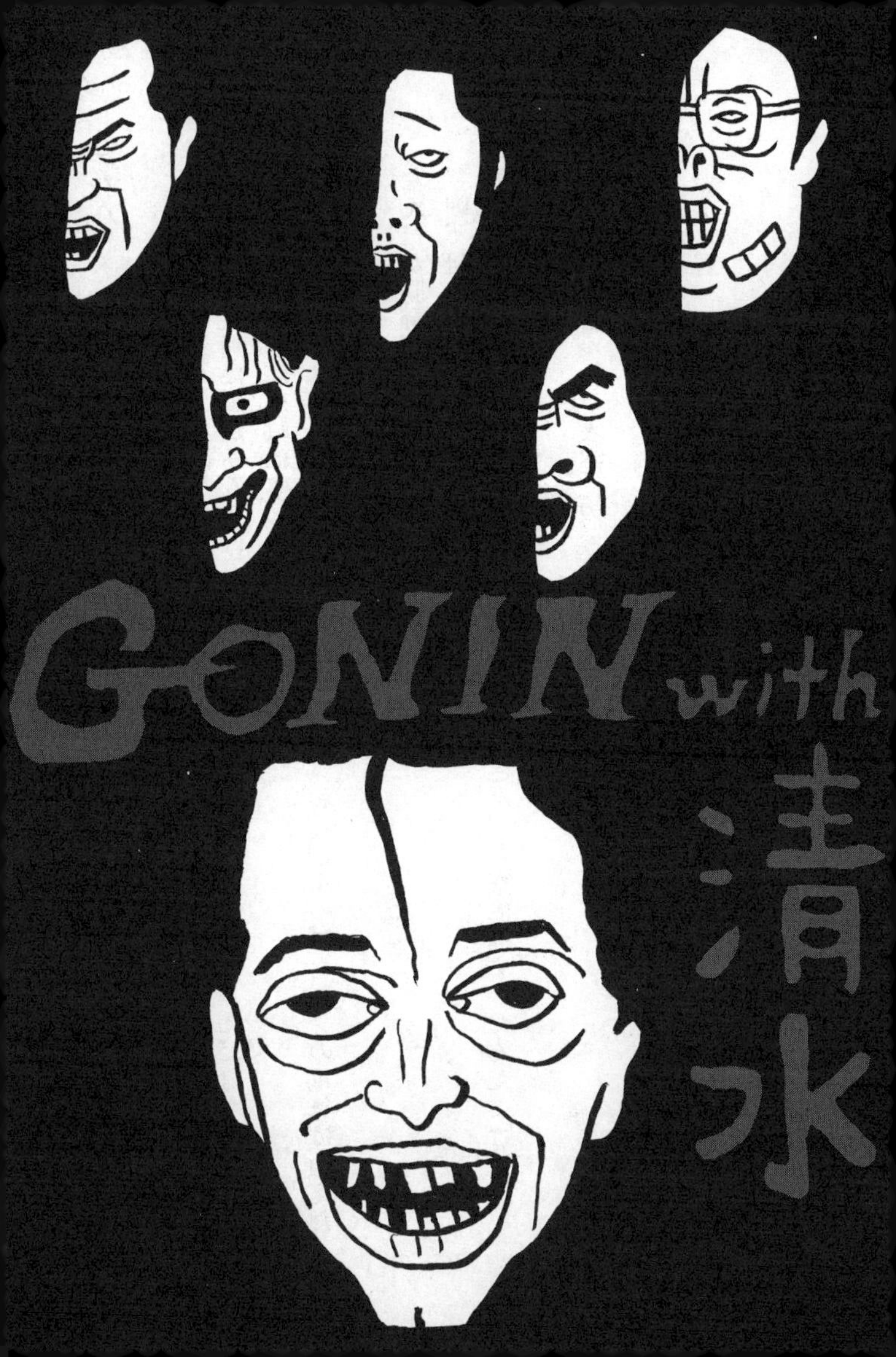
GONIN with 清水

「んんんんなんだとコラあっ!!」

この怒りと悲しみと悔しさが、二十年の時を経て京都を舞台にした『舞妓Haaaan!!!』という映画に繋がろうとは、十七歳の僕は知る由もなかった。ただ打ちひしがれて、僕は久しぶりに川原に座っていた。

白鳥おじさんは現れなかった。十一時過ぎても、おじさんのプレハブの電気は消えたまま。

なんだか胸騒ぎがした。嫌な予感がした。

翌朝、母ちゃんから驚愕の事実が伝えられた。

「あらあ、しゅん知らなかったの？　白鳥のおじさん、警察に捕まったんだよ」

予感は的中した。

「中学校のプールの更衣室に忍び込んだんだど」

7

いきなりだが軽く煮詰まっています。

季刊誌というのは恐ろしいもので、一回休載したら半年ぶりになってしまう。その間に連続ドラマを書きアルバムをレコーディングし『オーラの泉』で前世を宣告され映画を撮った。オナニーも数回した。ちなみに前世はフランスの貴族だそうです。ボンジュール。

六ヵ月空いたらいろんなことを忘れる。もともと小説家じゃない僕は小説の書き方を忘れてしまった。オナニーの仕方を忘れるよりはマシだが、ずいぶん焦っている。一人称は「僕」だっけ？「おら」だっけ？ 改行ってどのタイミングでするんだっけ。トンネルを抜けるとそこはなんだっけ？ 彩の国だっけ？ 何もかも忘れている。

自分の小説を客観的に読んでみた。ああ、こんな感じか。意外と脚色せずに書いてるよ。あからさまなウソと言えば白鳥おじさんが捕まるくだり。実際、窃盗犯と白鳥おじさんは別人、というか捕まったのは先輩だ。そんなの書けない。でも書かなきゃ当時の気分は表現できない。ええい、合体させちゃえ！　というのが、前回のラストだ。思い出して来たぞ。じゃあ始めます。


白井研。

白鳥おじさんの本名は、有名人と一字違いだった。

しらいけん。江戸っ子なまりの平井堅みたいな名前の四十五歳は、中学校のプールに忍び込んで、更衣室からスクール水着二枚とビート板を盗み出そうとしたところを現行犯逮捕されたらしい。

「川ぁ下って海まで逃げるつもりだったんでねえが？　バタ足で」

キャビンマイルドに火を点けながら菊ちゃんが笑った。一足先に白鳥おじさんに愛想を尽かした彼は、一コ下の農業高校生と交際していた。ジャスコのスナックコーナーで軽いペッティングに興じているところをうちの母ちゃんに目撃されたのだ。問い詰めるまでもなく菊ちゃんは写真を見せてくれた。デブだった。三段腹の一段目を指差して「巨乳なんだよ～」と自慢した。興味を失った僕は菊ちゃんを部屋に残して家を出た。

川原に腰かけタバコを吸った。そして考えた。白鳥おじさんのこと、そして自分の将来について。

政治、経済、音楽、アート、恋愛そして猥談《わいだん》。それらを、おもに白鳥目線で話してくれた白井研はもういない。たかがスクール水着一枚（とビート板）で、もともと灰色だった彼の人生は完全にブラックアウトした。

「精神鑑定を受けて今は仙台の医療刑務所に……」

「お母さんは親戚の家に身を寄せている……」

「プレハブから隠し撮りした小学生の写真が……」

どんな小さなミスも許されない。それが人口一万弱の狭い共同体で生きる鉄則。たとえ微罪でも、悪い噂《うわさ》は花粉のように、いや聖火を持って走る欽ちゃんのように、ゆっくり確実に田舎の町を駆け抜ける。だが実際、僕や菊ちゃんのように彼と直接言葉を交わした者は少ない。知りもしないヤツに限って大袈裟《おおげさ》なウソをつく。

「余罪が二十件あったらしい……」

「そういえばウチのベランダから娘の下着がなくなって……」

パッとしない日常の中で誰もが事件という名の娯楽を探している。温厚な顔で、誰もが誰かのミスを今か今かと待っている。

「昨日、白鳥おじさんを見た」

「全裸で壁と自販機の隙間に挟まってた」

要するに、スケールが違い過ぎたのだ。四十五歳が十四歳に恋をした。それだけの話じゃないか。尾行、盗撮、窃盗。アプローチが独特過ぎてちょっと法に触れただけじゃないか。

僕は想像した。好きな女の子のスクール水着を着用して、ビート板につかまって大海原を渡るおじさんの姿。目的地は彼が愛してやまない白鳥たちの故郷シベリア（アラスカ）だろうか。

「けーっ！　けーっけーっけーっ！」

やっぱり東京へ行こう。童貞のまま高二の夏休みを迎えた僕は、この共同体への決別を誓った。

何度目だ？　いや、今回は本気だ。たけし軍団とかミュージシャンとか、浮ついた夢は捨てよう。より確実な手段でこの閉塞感から逃げ出すのだ。

「大学」

そう呟《つぶや》いた自分の声がいつになく大人びていて驚いた。『用心棒』の三船敏郎かと思った。

確かに月伊達高校はギリギリ進学校。数は少ないが現役で東京の大学に進んだ先輩もいる。バスケ部の清水も「進学するから」と言い切ってキャプテンという重荷を僕に背負わせ退部した。この正攻法をなぜ今まで回避して来たのか。

⑦

僕は勉強が嫌いだった。

頭は決して悪くない。それは自分でもわかっている。悪いわけがない。母も言う。

「しゅん坊は宮藤家で頭いちばん良いんだよ」

姉は二人とも大卒。長女に至っては大学院まで進んだ。父は教師。実家は文房具店。ノートもシャーペンも蛍光ペンも売るほどある。

なのに勉強が嫌いだ。どうしようもなく嫌いだ。

小五の頃、勉強の出来る女子に恋をした。バカだと思われたくないので少し頑張った。少し成績が上がった代償に、ストレス性十二指腸潰瘍《かいよう》という、子供らしからぬ病気を患った。

「しゅん坊、明日は学校休んでごちそう食べに行くよ」

「やったあ! なに? なに?」

「うふふ、明日のお楽しみ。そのかわり、今日は夜八時以降なにも食べちゃダメだよ、水も飲んじゃダメだよ」

ごちそうの正体は胃カメラだった。

病院からの帰り、街道沿いのレストランに寄った。胃液をぜんぶ吐き出し、麻酔で痺《しび》れた口で、泣きながらハンバーグを貪《むさぼ》った。教科書を開くとあの味が蘇《よみがえ》る。そして僕は勉強をしなくなった。高校受験の前日に五、六時間ドリルをやったのを除いて。

「だいがく」

今度はハッキリと三船を意識して呟いた。腰が重い。ちっともワクワクしない。本当にそれしかないのか。とりたてて何かの才能やセンスがあるわけでもなく、容姿に自信もなく、家出する度胸もない田舎の高校生が東京へ行くには、やはり努力しかないのか。

「キャンパス」

テレビでしか見たことない光景。ポロシャツ、アメフト、テニスラケット。ダメだ。そこに溶け込んでいる自分がまったく想像できない。

「女子大生」

三船の腰が少し浮いた。当時宮城では『オールナイトフジ』は流れてなかったが「あなたのパンツ見せてください」というコーナーがあることだけは知っていた。俺は東京にパンツを見に行くのか？

無論パンツは見たい。でも胃カメラはイヤだ。でも胃カメラ飲まなきゃパンツも見れない。思考はどんどん短絡的になる。胃カメラ飲ンダラハンバーグ。胃カメラ飲ンダラ女子大生ノパンツ。

「あなたのパンツ見せてください」

ついに用心棒は立ち上がった。

⑦

「二週間、予備校の夏期講習受けに仙台行ぐがら金ちょうだい」

そう告げると母ちゃんは固まった。若干のタイムラグがあり、いつものようにブルブルと震えだした。

「あらー、とうとうヤル気になったのすか、あららー、嬉しいごだ、あららら一」

父ちゃんも満足げだ。勝手に予備校のガイドブックを入手し、オプションで授業をいくつも足された。九時から七時まで予備校から出られない。さらに予備校の近くに下宿を探して予約した。門限八時。まかない付き。ガチガチじゃねえかよ。テキトーに二、三時間勉強して、あとは仙台のデパートやレコード屋をブラブラしようという僕の魂胆を父ちゃんは見抜いていたのだ。

「やるなら徹底的にやんねばな!」

一気に萎《な》えた。胃酸がこみ上げる。下宿って。仙台まで電車で一時間なのに。まかないって。どうせカレーと豚汁の繰り返しだろ?「大学」なんて口にするんじゃなかった。もはや下宿の主が妖艶な未亡人であることを願うしかない。

「夕飯は八時キッカリですから!一分でも遅れたら困りますから!」

未亡人は七十二歳だった。しかもやたら元気だった。玄関先でガックリうなだれている僕を見て、大人しい子と勘違いしたのか日頃の不満をぶちまけ始めた。

「困るのよぉ、親から電話かかって来るしね、あなたはそんな風には見えないけど、多いのよ、夏期講習にかこつけて遊び回るような子が、無断外泊？　もう言語道断！　あなたはそんな風に見えないけど、女連れ込んだりね、予備校生が、なんぼのもんよ！　あなたは……」

「そんな風に見えない」が「そんな風になれない」に聞こえて、ますます暗い気持ちになった。

「二階は二間になってて、隣の部屋はこちらの荒木くんが使ってます」

「あらきですぅ」

台所で朝ご飯を食べていたのは、僕以上に「そんな風」に見えない、小太りメガネの高校生。黄ばんだTシャツにでっかく「LUCKY BOY」とプリントされていた。履き古したジャージがシルクみたいにツルツルだった。髪の毛が汗で額にはりついていた。

ダサい。月伊達高校ですらここまで絶望的なビジュアルの男子は見かけない。そして肌年齢が四十代、いや、年老いた象みたいな質感だった。

「オラぁ秋田がら来ましたぁ、高三だげど『あらきくん』でいいがらね」

荒木のイントネーションが「松屋」と一緒だった。

「宮藤くんはぁ、志望校はどごですか？」

⑦

予備校へ向かう道すがら象が話しかけてきた。

「決めてないです、親が国公立に行けって言うので五教科取ってますけど、たぶん無理です」

「へー、オラぁ受かればどごでもいいです。それより百円借りていいべが?」

いきなりジュースを奢《おご》らされた。

うーん。なんとも言えない負のオーラを感じる。たぶん前世はフランスの奴隷だな。とにかくこいつとは合わない。音楽やお笑いやアイドルの話をしてもまったく食いつかない。

「それよりティッシュもらっていいべが? クソもれそうだ」……二週間、この象肌男と襖《ふすま》一枚で仕切られた部屋で僕は暮らさなくてはいけない。考えただけで胃壁が荒れる。とりあえず心の中で彼を「アンラッキー」と呼ぶことにした。

授業は最悪だった。特に数学は基礎がないからまったくついていけない。まるで僕ひとりが違う星の人間みたいだ。思えば月伊達高校の数学教師は変人だった。山城新伍みたいなビジュアルで淡々と毒を吐く。

「この問題、宮藤、わがるが、わがんねべ、馬鹿だもんな、ふふふ、次の問題、馬鹿は寝でろ、宮藤」

方言の暴力ってあるんだなと思った。

とにかく理系は無理。初日で悟った。私立文系だ。

ところが世界史も最悪だった。やはり月伊達高校のせいだ。世界史の先生が赴任して来て早々「カマっぽい」「トイレが近い」「ノドボトケがでか過ぎる」という理由で先輩にシメられたらしくカンニングし放題だった。

「先生、西ローマ帝国の滅亡は何年ですか？」

「ンもう、教科書に書いてあるでしょう調べなさいっ」

「面倒くさいんですけど、何ページですか？」

「四七六年ですっ！　もう！　先生トイレ！」

暗記というもっともシンプルな学習能力を僕らは全く使わなかった。

どうしよう。食堂でマズいうどんを食べながら、閲覧自由の赤本を読み漁《あさ》る。英語と国語だけで入れる大学がない限り進学は絶望的だ。いや英語と国語だって偏差値45未満。平均以下。でも無理して五教科頑張るよりは英語と国語に絞って、英語と国語、英語と……。

「早稲田の二文……」

至近距離で澄んだ声が聞こえ、思わず振り向く。オカッパの女性が肩ごしに覗き込んでいた。

「あ、ごめん。なんか英語国語英語って聞こえたから」

年上だ。年上の女だ。

「二教科で受けられるのは、あと芸術系、日芸とか大阪芸大とか……」

高校生じゃない。たぶん浪人生。つまり少なくとも二コ上だ。誰かに似てる。誰かに似てるぞ。思い出せ。脳内で『BOMB！』と『スコラ』を交互に閲覧した。

「早稲田の二文に入って、あとで一文に編入する人もいるみたいですよ」

松本小雪だ！

『夕やけニャンニャン』のアシスタントとして夕方から無意味に気だるい空気を醸し出し、無垢《むく》な中高生をなんとも言えない気分にさせていた不思議少女。髪型といいポテっとした唇といいトロンとした目元といい、彼女は松本小雪に似ていた。

松本小雪は好きじゃない。というか、見ないようにしていた。手の届きそうもない女は視界に入れない。それが童貞のムダの無さ、引っくり返せば余裕の無さだ。

だが今、彼女は手の届く距離にいる。松本小雪似のお姉さんに突然声をかけられて僕は困惑している。どうする？　このまま黙ってれば彼女は僕から離れていくだろう。そうすれば傷つくことはない。その代わり得るものもない。ノーリスク・ノーリターン。それでいいのか？　僕は胃カメラとハンバーグの関係を思い出した。行け！　ノー胃カメラ・ノーハンバーグ、そしてノーパンツ！　見る前に飛べ、否、食べる前に飲め！

「あ〜あ、早稲田の二文ねえ」声が引っくり返らないように注意しながら、少しオーバー気味に「はいはいはい」と額に手を当てた。

「そうかそうか、その手があったかー、いやー、どうもありがとう……」

振り返ると彼女は視界から消えていた。かわりにアンラッキーが黄色い歯を見せて立っていた。

「五十円借りでいいべが、カレーに卵つけるがら」


「早稲田の二文を受けることにしたがら」

電話でそう伝えると母ちゃんは素直に喜んだ。

「あらら〜六大学でねえの、大丈夫だべが」

父ちゃんは私立と聞いて学費の心配をしつつも、具体的な目標を据えたことで安心したようだ。

受話器を置き、七十二歳の未亡人に電話代を徴収され僕は部屋に戻った。

予備校に通い始めて四日。英語と国語以外の授業はすべてボイコット。そのくせ閉校時間までガッツリ校内に残り、僕は松本小雪を探す旅を続けた。いや、正確に言うと探してはいない。彼女が僕を探しているという妄想にかられ、ウォーリー、俺を探せ！とばかりに一階から五階まで階段を駆け上がっては下りを繰り返した。意地でも受身の姿勢を維持するのが童貞の恋愛なのだ。

おかげで下半身の筋力はついた。が、勉強はまったく身についてない。今だって、テキストを開いたままラジオを聞いている。文通をやめてから、また僕は殿のオールナイトにハガキを送り始めた。

正面の襖の隙間から「LUCKY」の文字が見えた。

「宮藤くん、宮藤くん、何してんのっしゃ？」

この野郎。いつから覗いてたんだよ。

「勉強です」と、イヤホンをしたままキレ気味に返す。「へー。それより十円借りでいいべが？　電話かげるがら」

アンラッキー、俺はおまえの貯金箱か。面倒くさそうに十円玉を床に投げると、アンラッキーは俊敏な動きでスルスル部屋に滑り込みそれを拾い、ついでに僕の食いかけのナビスコチップスターを四、五枚いっぺんに手に取ると大口を開いて一気に放り込んだ。殺すぞ。聞こえないように呟いて、僕は殿の声に意識を集中させた。

「アレだなや、こう暑いど、勉強すんのもバガらすぐなるなや。ババァの作る夕飯も食い飽きだしな」

確かに七十二歳未亡人の献立は信じ難いワンパターンだった。麻婆豆腐《マーボー》麻婆茄子《なす》麻婆春雨麻婆丼《どん》。麻婆旋風が吹き荒れていた。もっとも、アンラッキーは確実に毎回おかわりしていたが。

「来週がら七夕だべ、まあ、おれらぁ関係ねえが。あーあ、大雨降ればいいのに」

アンラッキーのトークはネガティブでオチがないから気が滅入る。つーか電話すんだろ？　早く行けよ下に。

「こないだ食堂で喋ってた女の人、誰っしゃ？」

僕は初めてイヤホンを外した。

「オカッパの、眉の太い女と喋ってだべ、彼女すか？」

「……違いますけど」

「ああ、そお、じゃあいいです」そう言ってアンラッキーは立ち上がり部屋を突っ切って階段を降りようとした。

「待てよ！」思わず叫んだ。僕は彼のツルツルのジャージの端を摑《つか》んでいた。

アンラッキーの話を総合すると、こういうことだった。彼は「高三英作文」の授業を選択していた。教室に入ると、前に食堂で見かけた女の後ろ姿が見えた。アンラッキーは「なんとなく」隣に座り「なんとなく」声をかけた。「宮藤くんの友達です」と伝えると、彼女は「キョトンと」した。「喋ってたでしょう食堂で」と言うと、しばらく考えて「あ〜あ」と小さく頷《うなず》いたという。しかしそこからは「会話が続かず」黙って授業

⑦

を受けた。そして終業ベルが鳴ると彼女は立ち上がり、こう言ったそうだ。

「くどうくんによろしく」

どうなんだコレは。アンラッキーが下りていった後、僕はモヤモヤしっ放しだった。ヤツを通じて僕の情報が彼女の耳に入った。これは前進と言うべきだろう。だが待て。彼女は僕に好意を抱いているのだろうか。

「くどうくんによろすぐ」

訛《なま》りがキツ過ぎて、アンラッキーの口調からは真意は汲み取れない。直接会って確かめるか。

いや待て。いきなり年下の童貞男に「僕のこと好きですか?」と聞かれて「ハイ」と答える女はいない。この場合、こちらから告白すべきだろう。

いや待て待て。俺は彼女が好きなのか? たまたま優しくされて勘違いモードに突入しているだけじゃないか?

いやいやいや待て待て待て。好きじゃなかったらこんなにモヤモヤしないだろう。現に俺は昨日、本屋に行って松本小雪の写真集を予約した。無理を承知で視界に入れようとしているじゃないか。こうなりゃ玉砕覚悟で。いやいや待て待て待て待て待て……。

結論が出ないまま、僕は予備校に通い続けた。相変わらず階段を駆け上がったり下りたり、間違えたフリして高三英作文の授業を覗いたり、怪しまれない程度に食堂やロビーをウロウロしたりもした。しかし彼女には会えなかった。

　気がつくと僕は、彼女を忘れるためにひたすら授業に集中していた。他にすることがなかったのだ。今まで理解できなかった英語の構文や古文の文法が面白いように脳に染み込んで来た。「やれば出来る」という言葉の意味が何となくわかった気がした。しかし、完全に諦めることは出来なかった。その証拠に、松本小雪が半裸でオッパイを押しつけて来る夢を何度も見た。

⑦

「宮藤くん……宮藤くん……宮藤くん」

　アンラッキーの声で僕は我に返った。口の中に麻婆味が広がる。晩飯か。七十二歳未亡人がトイレに立ったのを見計らって、アンラッキーは僕の耳元で囁《ささや》いた。「ちょっと二階、いがすか？　相談あるんだげどぉ」

　夏期講習も残り二日となった金曜日の夜だった。

「実はね、今晩、オラの彼女が来るんです」

「え!?」不覚にも僕はのけ反ってしまった。

「こないだがら夜中に電話すてだっぺ？　あれ、彼女なんです」

「あ、荒木さん、か、かか、彼女いるんだ」

「いるさ、一コ下だがら宮藤くんど同級だね」

マジかよ。この多汗症の……デリカシーの欠片もない出っ歯デブの荒木に……彼女が……。ウソだ、そんなの、神様が仕掛けたドッキリに違いない。

「それがね、オラに会いだくて、仙台に来るって言うんですよ、まあ七夕だしね、来年がらオラも大学生だべ。遠距離恋愛で淋しい思いさせるがら、まあ、来るなら来いって言ったんです、んでね」

「待って！　もしかして、ここに泊まるんですか？」

アンラッキーは答えなかった。象の肌にみるみる汗が吹き出て来た。黄ばんだメガネの奥でヘビのような目がギョロギョロ動いている。

「ダメ〜……ですよねえ〜」

「ダメですね！」僕は即答した。

「俺、勉強するし！　そんなの、お婆ちゃんにバレたら、俺まで怒られるし！」

声を荒げている自分が虚しかった。

「……わがりました、無断外泊しかねえが」

そう呟くと、アンラッキーは自室に戻り、財布をポケットに突っ込んでサンダルを履き、開けっ放しの窓に手をかけた。

「ちょっと荒木さん」

「ババァが来たら、適当に誤魔化してけろ」

いつになくクレバーな笑みをたたえ、アンラッキーは窓から裏庭に飛び降りた。タッタッタッタッタ。軽快な彼の足音を聞きながら、僕は敗北感に打ちひしがれた。


「宮藤さーん、宮藤さーん、お電話よお」

アンラッキーが出ていって一時間後、寝間着姿の七十二歳未亡人に階下から呼ばれ僕は階段を下りた。夏期講習も明後日で終わる。母ちゃんに報告することは特にないが、心配かけまいとして明るい声を出した。

「もしも〜し、しゅんだけど」

「こんばんは」

「…………」

「誰かわかります?」

「…………」

「早瀬です、早瀬ミカです、予備校の食堂で」

「…………」

「すいません突然、ご迷惑でした?」

「…………」

「宮藤くん、だよね」

「……はい」

声を振り絞りそう答え、やっと全身に血が行き届いた気がした。早瀬ミカ。松本でも小雪でもない、早瀬ミカ。それが彼女の名前なのか。でもなんで……彼女は僕の名前しか知らないはず……どうやってここの、下宿の電話番号を……。答えはひとつしかなかった。

アンラッキー。

彼女と僕をつなぐ存在は彼しかいない。僕が彼女に好意を持っていることも彼しか知らない。さっきのクレバーな笑顔の理由がやっと理解できた。彼女にここの電話番号を教え、七夕祭りの夜に連絡するように促し、自分は存在しない恋人に会いに行くとウソをついて席を外す。

粋だぜ! 粋すぎるぜアンラッキー! 今ごろきみは、どこかの公園か駐車場で時間を潰しているのか。

「もしもし?」

「あ、ごめんなさいビックリして」僕がそう答えると、早瀬ミカは電話の向こうで静かに笑った。

「あの、今どこですか?」

「困るのよお！」七十二歳未亡人が叫んでるけど関係ない。僕は走った。

「すぐ行きます！」電話を切ると、僕はスニーカーのかかとを潰して通りに出た。

「公衆電話、予備校の近くの」

⑦

仙台の七夕飾りを見るのは初めてだった。写真で見るより大きくて重量感がある。ひとりで歩いたら「こんなもの」と思うのだろうが、今日は違った。キレイなものを見て素直に「キレイだな」と思ったのは、生まれて初めてかも知れない。

僕と早瀬ミカは並んで歩きながらいろんな話をした。学校のこと部活のこと、好きな音楽のこと。自分でも信じられないくらい自然に喋れた。アンラッキーに背中を押されたからじゃない。彼女の雰囲気がそうさせるのだ。二つ年上だけあって、彼女は僕の知らないミュージシャンや作家の名前をいくつか挙げた。

「ごめんね、知らないよね」

僕は素直に「知らない」と答えた。彼女の前では、自分を賢く見せる必要なんてない。なぜかそう感じたのだ。

時計を見ると十一時を過ぎていた。

「どっか入る？　居酒屋とか」

「え？」

「あ、ごめん、まだ高校生だもんね」

早瀬ミカは木製のベンチに腰掛けた。僕は勇気を振り絞ってこう言った。

「下宿に来ます？」

少し考えて、彼女は小さく頷いた。

彼女を玄関先で待たせて、音を立てずに廊下を進む。居間を覗くと、未亡人七十二歳は腹にタオルケット一枚かけて寝息を立てていた。扇風機が回っている。振り返り、僕は早瀬ミカにOKサインを出した。

「ドキドキするね」そう言いながらスカートをつまんで上がりがまちに足をかける彼女。やばい。かわいい。はやる気持ちを抑えつつ僕らは階段を上った。途中、彼女が足を滑らせ、僕の腕にしがみついた。初めて肌と肌が触れ合い、なんとなく気まずい沈黙。

「なんか懐かしい感じ」

部屋に上がると彼女はそう呟いて、僕の斜め前に座った。静かだ、窓の外からロケット花火か何かの音が聞こえる。パパン、パン、パン。

途中のコンビニで買った缶チューハイで僕たちは乾杯した。女子とお酒を飲むなんて当然初めてだった。パパン、パンパン。

「音楽でもかけましょうか」

「マズいよ、隣の人が起きるでしょう」

「いないんです、荒木くん、無断外泊」

「荒木くん？」

「知ってますよね、高三英作文クラスの。ここの電話番号、彼から聞いたんじゃ」

「違うよ、１０４で調べたの」

「マジで？」

恋のキューピッドはアンラッキーじゃない。思わず頬が緩んだ。彼女は自力で僕の下宿先を調べたんだ。パパン、パンパン。早瀬ミカの頬が少し赤くなった。

「ねえ、宮藤くんてさ……」

来た！　思わず僕は座り直した。

「今、付き合ってる人とか……」

「いません！」

スパパパパパパパパン。

「そうなんだ」沈黙。スパパパあんスパパパン。花火の音が邪魔だ。

「でもさ、無理だよね、受験生だし、私、浪人生だし」

「無理じゃねえっす、自分、早稲田の二文行くし」

「ほんとに⁉」

「はい、親にもそう言いましたから」

「じゃあさ……」スパパパパン、ぅ、スパン！　スパン！花火やめろよ花火！　ていうか……本当に花火か？

「ねえ、これ何の音？」

僕は耳をすました。パン！　あん！　パン！　あん！　近い。花火にしては近過ぎる。まるで隣の部屋から聞こえて来るみたいな近さだ。

「隣、本当に誰もいない？」

「え？」

「玄関に靴、あったよ、女の子の」

女の子？　……まさか。僕は立ち上がり襖を開けた。ボリュームが一段階上がった。

パン！「あん！」パン！「あん！」

目に飛び込んで来たのは躍動的に動く肉の塊。ザラザラしてる。象みたいだ。その中心に、なんか*↑こんな形のものが縦に並んでいる。二つの*は開いたり閉じたりしている。見覚えあるぞ。なんだっけコレ。酔った頭で考えた。

「**」

「・*」

女子大生だいぶがくキャンパスのパンツ

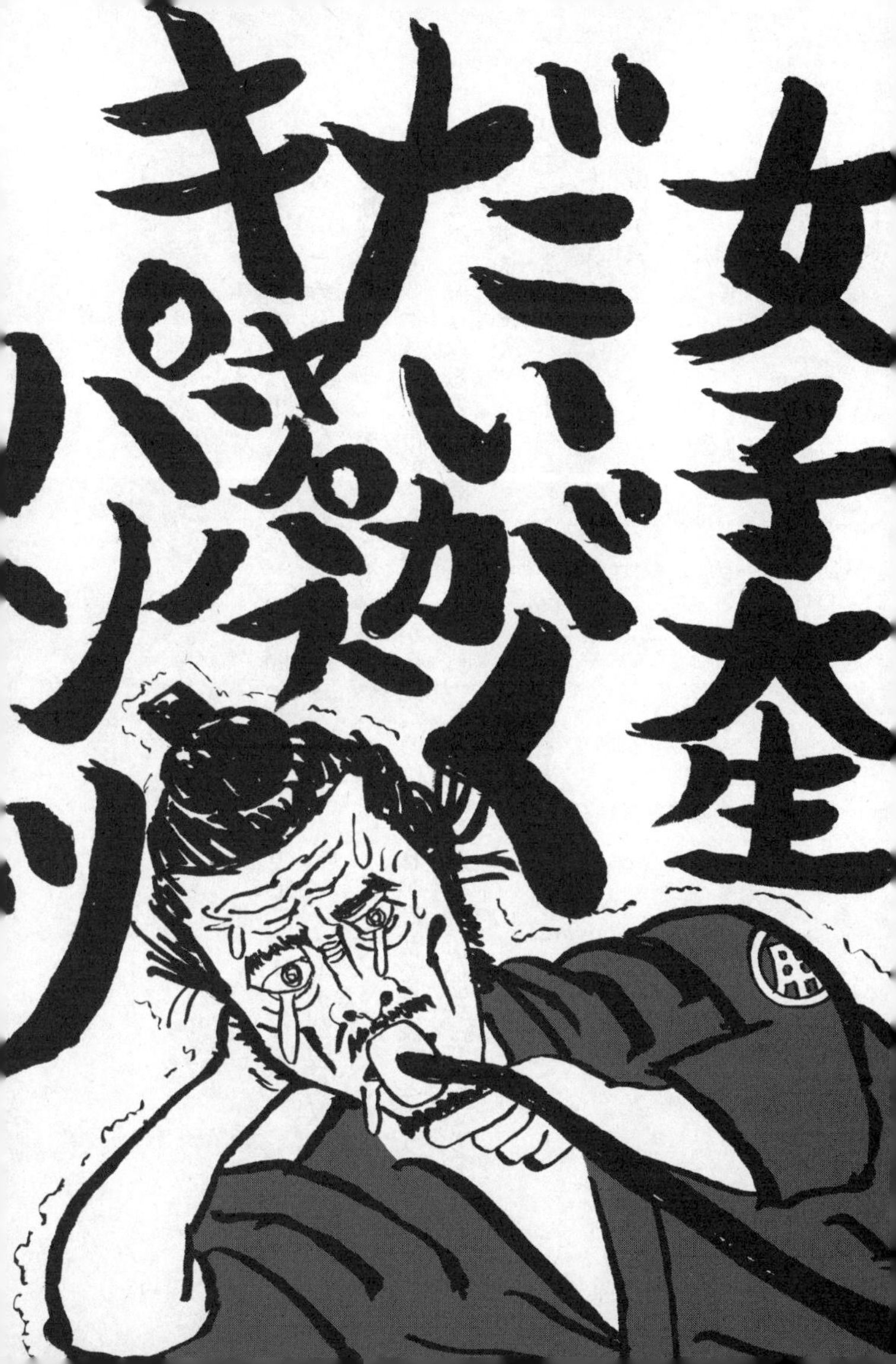

「＊・」

「・・」

「＊＊」

「・＊」

……あ、尻の穴だ！　尻の穴が二つ、開いたり閉じたりしてる！

「ああ、ごめん宮藤くん」恋人に被いかぶさったまま、アンラッキーが振り返る。

「無断外泊中止。ラブホテルどこも満室でへへへ」

他人のセックス（正常位）を真後ろから見たのは、これが最初で最後だと思う。

恐る恐る振り返ると、早瀬ミカの目から、みるみる涙が溢《あふ》れていた。我に返り、僕はやっと襖を閉めた。

「ごめん！　スパン！　ごめん！　スパン！　ごめパパパン！」

「あらきく〜〜〜ん！」

続けんなよ！

8

えらいことになった。

二〇〇八年六月十四日、この小説の舞台である宮城県栗原市でマグニチュード七・二の大地震が発生したのだ。

あっという間に被災地だ。

今までさんざんド田舎とか、クソ田舎とか、白鳥とイナゴの佃煮《つくだに》ぐらいしか自慢できるものがないとか、つーかそれ自慢か？　とか言ってきたが、さすがに言いづらくなってしまった。ちなみに「スタッフ～」でお馴染みイケメン芸人、狩野英孝さんも同郷。高校の後輩らしい。と言っても彼が入学した頃には下駄も手ぬぐいも応援団も消滅していたようだ。

「復旧活動を応援する意味で、栗原に縁のある著名人の署名入りステッカーを作るので協力してけろ」

高校時代の友人から電話があった。もちろん引き受けた。他に誰の名前が挙がってる

の？　と聞くと、

「高橋ジョージさん、宮藤くん、あとリリー・フランキーさん」

んん？　高橋ジョージさんは同郷人だけど、リリーさんは……九州人じゃね？

「ほれ、『東京タワー』のロケ、栗原でやったから」

栗原市の細倉マインパークでロケが行われたのは知っている。細倉にはかつて鉱山があり、閉山後も社宅や街並みが当時のまま残されていたのだ。その風景がたまたま北九州っぽいからロケ地に使ったわけだが、それリリーさんが決めたわけじゃなかろうに。頼んだ栗原市もえらいが、引き受けたリリーさんはもっとえらい。数日後送られて来たステッカーのラフデザインには、しっかりおでんくんのイラストが描かれていた。リリーさん、すいません。あと三船美佳さんのサインも入ってた。

まーでも、なんだかんだ言って一番えらいのはうちの母ちゃんだけどね。地震の一週間後だってのに『グループ魂の秩父ぱつんぱつんフェスティバル』にゲスト出演して、涼しい顔で『冬のソナタ』に合わせて日舞踊ってました。

ンなわけで、被災地になっちゃいましたが、今まで通りディスります。

白鳥とイナゴとジャスコとカーセックス以外なんにもないようなことが幸せだったと思えない、そんな我が地元、栗原を出て二週間。僕は仙台の予備校の夏期講習に通った。

そして恋をした。恋しちゃったんだ。

栗原電鉄の始発駅ホームに、僕は佇《たたず》んでいた。足元から真っ直ぐに伸びるレール。ここから二駅ぶん乗れば家に帰れる。だけどもう少し余韻に浸っていたかった。

ベンチに腰掛け、藍《あい》色に染まってゆく夏の空を見上げた。蟬《せみ》の鳴き声がこんな風に聞こえる。

「おんなくせーおんなくせー」

東北の夏はカラっとしている。それでも八月中旬は気温が三十度を越える日もある。田んぼから吹く風が気持ちよくて、ついつい眠くなってくる。ただでさえ僕は昨夜一睡もしてなかった。何してたかって？

「せっくすくせーせっくすくせー」

そう、セックスをした。セックスしちゃったんだ。

蟬に冷やかされながら昨夜の出来事を反芻《はんすう》し、おもわず頰が緩む。父ちゃん母ちゃん、今日これから帰るのは二週間前に家を出たあんたたちの息子ではもうない。もう以前のようにサッポロ一番の塩らーめんにマヨネーズかけて食べたりキリンレモンを冷凍庫で凍らせて後悔したりしない。いや、する。するけど、それは両親を安心させるための偽装行為。ウソの子供っぽさだ。

発車ベルが鳴る。いい加減帰らなくちゃ。立ち上がりかけた瞬間、むぎゅ。何者かに足首を摑《つか》まれ前のめりに倒れそうになる。誰かいる。ベンチの下に誰かいる。先刻からそんな気がしていたが性行為の余韻のほうが勝っていたのだ。正体を確かめるべく屈んで覗き込むと、やけに美顔のホームレスが横たわっていた。

「しゃらくせー、シャララ、しゃらくせー」

元白鳥おじさん。白井研だった。

「まいったよ、寝てるとロん中に蟬が入って来てさあ、俺の口は蟬のカプセルホテルかっ、ま、食べるんだけどね、これだから夏はヘイト」

二ヵ月ぶりに会った彼は瘦《や》せ細っていた。薄汚れたグンゼの肌着が肋《あばら》の形に浮き上がっている。髪の毛は伸び放題でガムがひっついている。で、ものすごく臭い。

「白井さん」あえて本名で呼んでみる。距離を感じたのか、おじさんは少し驚いた顔をした。

⑧

「どこで何してたんですか？　二ヵ月も」

二度目のベルが鳴り、僕はおじさんの答えを待たず電車に乗り込んだ。「いろいろね、あったのよ」そう呟《つぶや》きながらおじさんも飛び乗った。

石越発細倉行き。車両は一両しかない。乗客は僕と白井さんと、藤高ブラスバンド部の女子が二名。なるべく離れて僕とおじさんはシートに腰を下ろした。

なんとなく、何があったわけでもないのに、なんとなく気まずい。

いや、いろいろあった。かたや仙台で童貞喪失したての男子高生、かたや女子中学生のスクール水着を盗んで現行犯逮捕された犯罪者。明と暗。陽と陰。

沈黙が続く。彼の性格を考えると、無闇《むやみ》に話しかければ『犯罪者だからって避けてるわけじゃないですよ』という気遣いだろう」と機嫌を損ねる。かと言って話しかけなければ「犯罪者だから避けてるんでしょう」と機嫌を損ねる。どうしたもんか。二週間ぶりの田園風景を眺めながら僕はただおじさんの出方を窺《うかが》っていた。本音を言えば少し気を遣っていたし、少し避けてもいた。

栗電は走れば走ったぶん赤字が出ると言われたローカル線で今はもうない。自転車以上原チャリ未満のスピードで田んぼの中を走る黄色に赤ラインのボディは、廃線直前こそ全国の鉄道マニアがこぞって写真を撮りに来たそうだが、当時の僕らにしてみれば田舎の象徴、なんの魅力もなかった。

「そっちこそ、どこ行ってたの、荷物多いけど」

まもなく最寄り駅に到着しようという時、ついにおじさんが切り出した。タイミング悪いなあ。そんな、かいつまんで言える話じゃねえよ。

「夏期講習です」端的に答え僕は立ち上がった。ふたりの女子高生も立ち上がる。が、白井さんは動かない。

なんとなく、彼をひとりにするのは違うかなと思い、大きく伸びをして座り直した。ドアが閉まり、車内はふたりきりになった。

思えば僕は、さまざまな体験を白鳥おじさんに報告してきた。ラジオでハガキを読まれたことから京都で知り合った女子高生との文通まで。聞き役としては決して適任ではなかったが、親にも友達にも話せないことをずいぶん打ち明け、彼も我がことのように一喜一憂してくれた。

昨夜の出来事もそう。菊ちゃんやサッサンのような経験者に報告してもクールに流されるだけだ。よし、やっぱり話そう。白鳥おじさんに。乗り過ごした分だけ引き返せばいい。

「松本小雪って知ってますか？」

「ああマツコユね、知ってる知ってる」

「そんな風に略す人はいないけど……すごい似てる、年上の予備校生と知り合って、

⑧

俺、セックスしたんです」

「あっそ」その口調とは裏腹に四十五歳童貞（犯罪者）は激しく動揺した。その証拠に、意味もなく腋毛《わきげ》をむしっては窓外に飛ばし始めた。

（これより、栗電の車窓から見える田園風景と、僕の夏体験物語をザッピング形式でお送りします）

早瀬ミカを下宿に連れ込んだはいいが、隣の部屋で秋田出身のなまはげ野郎、アンラッキーこと荒木にアナル全開のガチンコファックを見せつけられ、僕と彼女は仙台の街を彷徨《さまよ》った。

七夕の夜。アンラッキーの言うとおりラブホテルはどこも満室。僕は焦った。ちょっと泣いてたと思う。二、三回「母ちゃん」と呟いたかも知れない。

「ねえ、うち来る？」

その言葉だけを僕は待っていた。「なんかすいません」と十秒おきに発しながら、タクシーで彼女のアパートへ向かったのだ。

「アパートって言っても結構広くて、2DK？　お風呂とトイレが別で、なんか水がキレイになる機械とか、ラベンダー？　イイ匂いがして……」

「知らないよ！」いきなり叫ぶとおじさんは僕の首をギュウギュウ絞めつけた。

「ダルいよ、おまえの話！　ラベンダーとかキカイダーとか、死ねばいいよっ！」

俄然《がぜん》調子が出て、僕の知ってる白鳥おじさんに戻った気がした。

「だってそうだろ？　若い男女が他人のコーマン見てさあ、正気でいられるわけないよ、夜中だろ？」

「はい、十一時は過ぎてました」

「コーマンズ11《イレブン》だろ？」

「それ言いたくてわざわざ時間訊いたでしょ」

「うるさい！　もうコーマン中心に！　コーマンまわりの、大陰唇以内の話を！　びらびらトークを！」

調子が出すぎてウザくなってきた頃、電車は大岡駅にさしかかった。何を隠そう大岡小学校の校長はうちの父ちゃんだ。父親のお膝元でびらびらトークかよ。

「お父さん厳しい人？」

そう言いながら、早瀬ミカがベッドの上に座る。僕は対面の床に座っていた。あぐらも正座も違う気がしたので片膝を立て、忍者が首領さまの指令を聞く体勢で、彼女が入れてくれたインスタントコーヒーを飲んでいる。

「厳しいっていうか……なんか怒りのツボがわかんないんですよね、タバコとか麻雀とか怒られないのにラジオ体操サボったら怒るんですよ」

「ラジオ体操するんだ」

「あ、はい、家族で、しかも朝五時半に。録音したテープを流して。六時半には朝ご飯食べてます」

「おもしろい」

その割に早瀬ミカは笑ってなかった。僕も楽しくはない。沈黙が怖くて喋っているだけだ。会話が途切れるとつい一時間前に見た光景が、スパ・パンという軽妙なリズムに合わせ＊が・になったり＋になったり☆になったり、変幻自在のアナル百面相がフラッシュバックしてしまう。アンラッキーはあのなんとも言えない女と何度もあんなことしてんのかよ。そして俺もするのかよ。これから。あれを。早瀬ミカと。あれを。括約筋エクササイズを。今のところその気配はない。部屋着に着替えた彼女と忍者スタイルの僕の距離は近いようで遠い。

「寝よっか」

「あ、はい」

え!? そんな軽く誘われて軽く受け入れるとは思ってなかったので面喰《く》らった。あまりに軽過ぎたので、床で寝ろという意味かと解釈し、腕を頭の後ろで組む忍者の野宿スタイルで横になった。早瀬ミカは立ち上がり「こっちどうぞ」とベッドの上の薄いタオルケットをめくった。「あ、はい」。悪びれもせずベッドに横たわり、背中が汗びっしょりなのに気づいて僕は急に恥ずかしくなった。これじゃシーツが汚れる。横向きになる。彼女が蛍光灯の紐《ひも》を一回引くと、白熱灯の小さな灯りだけが残った。それからしばらく彼女は身の回りのことをして、僕が寝ているベッドに入ってきた。右を向けば壁、左を向けば年上の女、背中は汗まみれという危機的状況で、不自然と思いつつ僕はうつ伏せになった。早瀬ミカは僕の横顔をじっと見ている。扇風機から送られる微風が彼女の、甘い果物のような匂いを数秒おきに運ぶ。汗まみれの背中に彼女の指が触れる。二の腕に柔らかい感触。全身が敏感になる。ち、乳房が腕の裏側に乗っかってるのだ。避けるのも押しつけるのも違う気がして、首だけ捻《ひね》って彼女を見た。わずか十センチの距離で厚みのある唇が灯りの加減で艶《つや》やかに光っている。もう、何もしないわけにはいかない。そうするのが当たり前、という感じでがむしゃらに唇を押しつけていた。

⑧

「なんか、しばらく会わない間にさあ」

元白鳥おじさんは、どこで手に入れたのかウイスキーのミニボトルを傾けている。

「変わったよね、きみ、文体が」

「ぶんたい？」

「気取った表現が多いっつーの！　え⁉　なに気取りだ、片岡義男気取りか！　スローなブギにしてやろうか！　それとも蠟《ろう》人形にしてやろうかぶははは！」

「すいません」不本意ながら謝ったのは、おじさんが泥酔状態だったからではない。沢辺駅で中学生男子が数名乗って来たからだ。

「テンポが悪いよ！　甘い果物とかよぅ、艶やかな唇とかよぅ、いらねえよ！　なめんなよ中年の想像力を！　想像力だけで四十五年生きて来たんだよ僕は！　おまえよりその女のことわかってるよ僕は！」

　あまりの剣幕に中坊がビビって下車する。それでもおじさんの勢いは止まらなかった。「パイパイ乗っけられて浮かれてる暇あったら避妊の心配しなさい！　コンドーム持ってんの⁉」

「持ってなかったです」

「アパート行く途中にコンビニなかった？　あったでしょうが、少なくとも自販機はあったはずだ！」

「ええ、でも買わなくていいって彼女が」

「……まに？」

驚いたのか、それとも酔いが回ったのか、おじさんは一時的に「ナ」が言えない人になっていた。

「まんだって?」

「家にあるからって……試供品を配ってたって駅前で」「コンドーム?」「はい」「試供品を?」「はい」「もらったって」「はい」「それを……きみは信じたのか」「はい。さすが仙台は違うなって、都会だなって」

おじさんは大きく息を吸うと、かなり泥臭い関西弁で叫んだ。

「そんなヤツおれへんやろお!」

やっぱり。僕もそう思った。コンドームの試供品なんて聞いたことない。それをホイホイ受け取る女もいない。一コや二コならともかく、なんと一ダース、カラーボックスの上に無造作に置いてある。蛇腹状に垂れ下がり途中で千切れたコンドームの束。明らかに二、三コ使った形跡があった。

「その女、かなり控え目に言って、ヤリマンだね」

多分そうだろう。でも昨夜の僕は早瀬ミカと唇を重ねながら、彼女がヤリマンではないという可能性を探していた。舌が入ってくる。コンドームにコーヒー牛乳とかカルピスとか入れて凍らせて、パピコ感覚で食べるのか? 彼女の舌が入ってくる。あるいは生クリームを入れて、先端に穴を開けて絞り出しながらケーキにハッピーバースデーと描くのか? 早瀬ミカの舌が入ってくる……舌が……。

⑧

ヤリマンでもいいや。頭はもうとっくに開き直っていた。問題は身体が完全に鎖国状態であること。ペリーの黒船のように侵入してくる彼女の舌が怖い。股を割って入ってくる太腿《ふともも》が怖い。耳にかかる息が怖い。

「開国ぜよー!」頭の中で龍馬が叫ぶ。「日本の夜明けはうんじゃらげー!」世界史を専攻しているため日本史には疎く龍馬のイメージが湧《わ》かない。

「生乳もむぜよー!」その顔はアンラッキーのように脂ぎっていた。

なんかやだ。こうなることをずっと夢見てたのに。なんかやだ。積極的に身体を密着させてくる彼女。身体が触れれば触れるほど、僕と彼女の距離は遠のき、温度差が生じていく……。

「乳首を指の腹で優しくなでるぜよー!」

なんかやだ……。

「パンツの上から割れ目をなぞるぜよー!」

NANKAYADA……。

「なんかやだって何が〜?」おじさんは座ってられないのか、丸太のようにシートに横たわりパック酒を飲んでいる。電車は杉橋駅〜鳥矢崎駅間を走っていた。栗電随一の絶景ポイントである。遠くにそびえる栗駒山が夕日に染まっている。

「なんか、やだったんです。あのまま、その、軽い感じでセックスしちゃうのが、やだったんです。なんかこう……面白い感じで、おじさんに面白く話せるようなセックスじゃないと」

「きみはあれか、僕のためにセックスするのか？」

「いやいや」

「僕の代わりにセックスするのか？」

「違いますよ、たまたま今、目の前におじさんがいるからですけど……セックスって、ほら、気持ちいいじゃないですか」

「知らないよ」

「気持ち良さそうじゃないですか。だからなんか、その気持ち良さを面白さに変換できなきゃダメだと思うんです。ビートたけしがラジオでソープの話すんのとか、やっぱ面白いじゃないですか、面白くなかったら、単なる自慢じゃないですか」

「要するにきみは」おじさんはむっくり起き上がると真顔でこう言った。

「セックスや恋愛に対して罪悪感を持っているんだね」

「罪悪感……すか」

「セックスや恋愛を悪だと捉えてるんだろうね、だから男子高に進んだんじゃないのかい？」

……あれー？　話が思わぬ方向へ転がってしまったぞ。

⑧

「罪を犯した償いに、きみはその体験談を僕に話して罪滅ぼしをしているんだね、懺悔《ざんげ》のつもりなんだろうね」

電車は鉄橋にさしかかった。冬になれば白鳥が飛来する迫川の支流を眺めながら、おじさんは年相応の哀愁を込めて呟いた。

「もし僕が、きみの前からいなくなったら……」

「なんですか?」

「……ぷぴぃ〜〜〜」

警笛のような屁を一発こいて、おじさんはバタンと横になって寝息をたて始めた。

「電気点けよっか?」

背中を向け、コンドームの装着に手こずる僕を、早瀬ミカは覗き込む。

「だいじょぶです!」

月刊『BOMB!』や『DUNK』や『ホットドッグ・プレス』で何度も予習したのにうまくいかない。

原因はわかっている。硬さが足りないのだ。

「お待たせしました」半立ちんこに半分ほどゴムを被せると、ニット帽を浅く被ったBボーイみたいでちょっぴりワルい感じがした。おし、いけるかも。僕は再び彼女の上にまたがった。

うん！　うんっ！　ううんっ！

やわらかい物をやわらかい穴に入れるのは難しい。気合いでやっと数センチ入った。気を遣ったのか、彼女が「あん」と声を上げる。その拍子にぷるん。ぽん。小さくなったチンコがすっぽ抜け、コンドームが彼女の大事な部分に残ってしまった。電車のドアに挟まれたスカートみたいに。

「あ、あれえ？」照れ笑いを作り、再び背を向けコンドームをクルクル使用前の形に戻す。そして亀頭にあてがいズルズルっと下げる。うん！　ううんっ！

「あん」ぷるん。ぽん。クルクルズルズルうんうん。

「あん」ぷるん。ぽん。クルクルズルズルうんうん。

「本格的にびらびらトークになってきたねえ」おじさんは再び起き上がり心底嬉しそうに笑う。

「だけどそのビッチも気が利かないよね。立たない時の対処法ぐらい保健体育で習わなかったのかね」

「ぱく」

空が明るくなりかけた頃、耳慣れない音がした。見ると早瀬ミカが僕の股間に顔をうずめているではないか！　にゅるにゅるる。じゅぼぼ。

「でぃーぷすろーとぜよ——っ！」

⑧

ああ。やめてくれ。そんなことしたら、どうにかなっちゃうじゃないか……。

「……結局どうにもならなかったんだね」

「はい」

「そのまま朝が来ちゃったんだね」

「はい」

僕たちは栗電の終点、細倉駅の駅舎にいた。約二十年後、『東京タワー』のロケに使われる町で、僕の夏体験物語はエピローグにさしかかっていた。

「それから彼女がつい最近、男（パチプロ）と別れたばかりだとか、その男は避妊が嫌いでナマでやりたがるとか、しかも名前が僕と同じ『しゅん』だとか、急になんでも話し始めたんです」

今回、ひとつだけ学んだことがある。

セックスに成功すると男女の間には愛情が生まれる。

セックスに失敗すると男女の間には友情が生まれる。

気がつくと僕は彼女を励ましていた。きっといい相手が見つかるよ。きみを大事にしてくれる（セックスの上手な）男が。そうかな。そうだよ。

僕たちは予備校の前で握手して別れ、彼女は授業に、僕は下宿に戻って荷物をまとめて家路についた。

「面白かったよ」おじさんは静かに頷いた。

「途中数ヵ所寝ちゃったけどね、基本的に面白く聞かせてもらったよ……ただね、きみは仙台でセックスをしたと言ったけどね」

「はい」

「セックス、してないね」

「……」

「アレかな？　僕が寝ちゃって聞き逃しただけかな」

「あ、そうかも」

「そうかもじゃねーよっ！」駅舎に響き渡る声でおじさんは叫び続けた。

「半分しか入ってねーじゃん、このインポ野郎、朝までかかってちんこ半分しか入れてねーんじゃん！　そんなのセックスじゃねえよ、セッ……だよ」

「せっ？」

「セックスの半分で『セッ』だよ、あーあ、真面目に聞いて損した、ここどこだよ！」

「細倉ですよ」

「知らないよ、こんなとこ初めて来た！　うわ暗っ！　もう夜じゃん、どうやって帰るんだよ」

「反対方向の電車に乗ればいいんですよ、石越行きの終電があるから、乗れば一時間ちよいで帰れますよ」

「……別に帰らなくてもいいんだけどね」

おじさんは急に消え入りそうな声でそう呟いた。

「家族や親戚にも会えないし、会いたくないけど」

おじさんはやっと、この二ヵ月のことを話し始めた。

「警察には一晩いて……翌朝には帰されましたよ。それからはなるべく遠くへ、親戚の紹介で石巻とか仙台とかに働き口があってね、行ったけど……続かないよね」

夜の田園を走る栗電は本当に淋しい。信号や車や家々の灯りがたまに見える程度だ。その風景はおじさんの身の上話を一層重々しいものにした。

「中学に忍び込んだのもね、きみたちはスクール水着を盗んだとか言ってるらしいけど……ま、実際それも盗んだんだけど、でも本当の目的は違うんですよ」

「え、なんですか？」

「図書室の前に、白鳥の、でっかい写真あるだろう」

確かに中学の掲示板には白鳥の写真が何枚か飾ってあった。中でも覚えているのは図書室のやつで、羽を広げて、空に向かって口を大きく開けている白鳥の姿は、写真などまったく興味のない僕でも「よく撮れたなあ」と感心するほど劇的なものだった。きっとプロの写真家が撮ったものだとばかり思っていたが、まさか……。

「あれ、おじさんが撮ったんですか？」

「いや、どっかのプロでしょう」

なんだよ。

「急にあの写真が見たくなってね。あれを見てるとね、声が聞こえてくるんだよ」

「白鳥の？」

「うん……いや、人間かな。人間の気持ちを白鳥が代わりに叫んでくれるような気がするんですよ」

「なんて叫んでるんですか？」

「それは見る人によって違うでしょう。『死にたーい！』とか『俺以外みんな死ねばいいー！』とか」

「ずいぶんネガティブですね」

「『柴漬けたべたーい！』とかね」

「山口美江ですね」

このへんで、さすがに僕は眠くなってきた。睡魔との戦いの中でおじさんは初めて、とても良いことを言った……気がする。

「要するに、人間が大声で叫んだら頭おかしいって笑われるような、そんな言葉もね、白鳥だったら叫んでも許されるっていうのかな。恥ずかしくて声に出せないような言葉も白鳥なら、みんなも大目に見てくれる……それが美しさだと思うんだよ……美しいって、そういうことだと僕は思うんだ……」

夢の中の僕は、あの写真の中にいた。冬の川の中州に立って白鳥にエサを与えていた。

「セックスしたーい！」

一羽の白鳥が羽を広げて叫んだ。空に向かって限界まで首を伸ばして。つられてもう一羽が叫んだ。

「浅香唯とヤリたーい！」

あちこちで白鳥たちが声の限り、人間どもの欲望を叫び出す。欲望は白い空に吸い込まれていく。

「大金持ちになりたーい！」「バイクの免許取りたーい！」「部活やめたーい！」「二年の菊地先輩ぶっ殺したーい！」

白鳥に四方を囲まれ、夢の中の僕は身動きがとれなくなる。なんだか怖くなって、僕はパン屑《くず》の入ったバケツを川に放り投げた。白鳥たちは見向きもしない。短い足をせわしなく動かして、逃げる僕を追いかける。

「来るなっ！」

「結婚してないけど愛人と温泉旅行に行きたーい！」

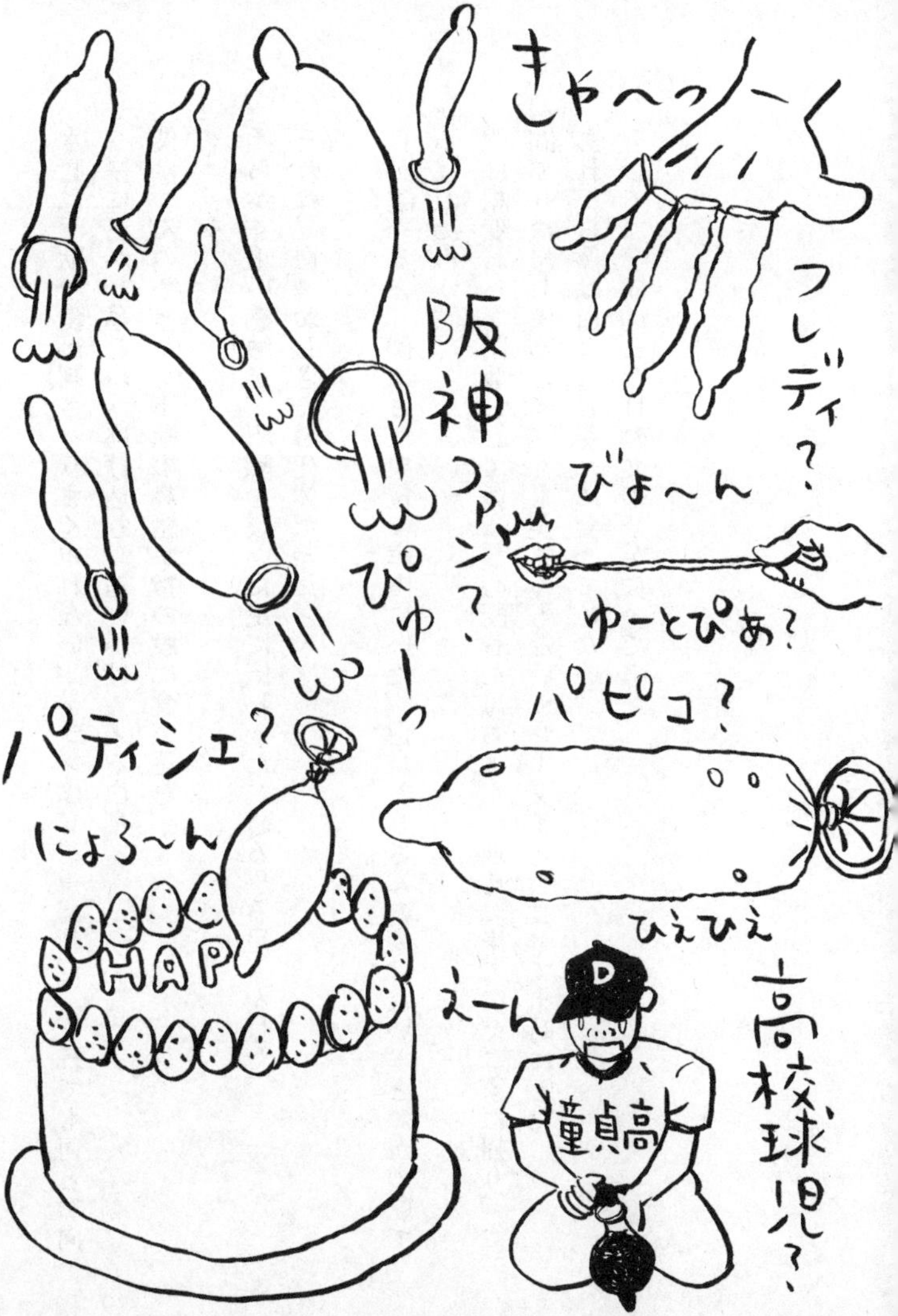

きゃへっ
フレディ？
阪神ファン？
ぴゅーっ
びよ～ん
ゆーとぴあ？
パピコ？
ひえひえ
パティシエ？
にょろ～ん
HAP
えーん
D
童貞高
高校球児？

水底に下駄の歯が刺さりうまく走れない。学ランはビショ濡れだ。それでも何とか向こう岸に上がり草むらへ逃げ込む。追いかけて来る白鳥。

僕はつんのめった。下駄の鼻緒が指の股に食い込む。

グニュウ。

柔らかく重い感触が、下駄を履いた足に伝わった。恐る恐る足下を見た。

それは、白鳥おじさんの死体だった。

目が醒めると、僕はまだ栗電の車内にいた。白鳥おじさんの姿はない。どこかの駅で降りたのだろう。

駅は相変わらず閑散としている。心配した母ちゃんが迎えに来ていた。家に帰り、二週間ぶりに母ちゃんのマズくも美味くもないカレーライスを食べて十時に寝た。

あれから僕は白鳥おじさんに会っていない。

そして二学期。二度目の文化祭がやって来た。

9

いや、本当は前回のエピソードで終わるつもりだった。連載開始時の構想では。白鳥おじさんと十七歳の僕。二人の社会的弱者（しかも童貞）のふれあい、友情、成長、そして別れを描いた青春グラフィティ。創作ならそんな感じでうまくオチをつけられただろう。しかし現実は違う。現実を無視できないのが、恥小説の難しいところだ。現実の僕が白鳥おじさんから学んだことなどひとつもない。僕が悩んだり悔やんだりするのとは無関係に、彼は白鳥を愛し続けた。冬は躁。夏は鬱《うつ》。それだけだった。

そんなわけで、僕と白鳥おじさんのお話は前回で終わった。だけど物語はつづく。主人公が何かを学ぶか死ぬまで終われない。

最終回です。

一九八七年夏。

童貞を捨て損ねたまま二学期を迎えた僕は、二週間ぶりに部室に顔を出した。まったく機能していなかったが、これでも僕は月伊達高校バスケ部の主将である。ドアを開けると一年生部員がコンクリの地べたに車座になってうな垂れている。

「あ、くんちゃんしぇんぱい」

一部の後輩から僕は「くんちゃん先輩」と呼ばれていた。良い方に解釈すれば、威張らず偉ぶらず、気のおけない先輩と慕われていたとも言えるが、早い話ナメられていた。

「どうした、難しい顔して」

「いいがらコーヒー牛乳買って来てけろ」

パシられることもあった。九本のコーヒー牛乳を買いに走り、僕は彼らが塞《ふさ》ぎ込んでいる理由を訊いた。

「来週、文化祭だすぺ」

二年生の僕を差しおいてレギュラーの座を射止めた伊藤がため息まじりに呟《つぶや》いた。補欠でキャプテンの僕にはまだ事態が飲み込めなかった。

「知らねのすか？　今年から後夜祭で、部活ごどに出し物するごどになったんです」

「出し物？」

⑨

「はい、一部一芸でがす。野外ステージで」

「強制参加でがす」

「くんちゃん先輩いねえ間に二年生が話し合って、出し物は一年生に任せるって」

後夜祭と言えば、月高生が野獣に生まれ変わる夜。教師だろうが校長だろうが、スべったらお構いなく罵声《ばせい》を浴びせ生卵を投げつける。去年の後夜祭では新任の国語教師が漢詩を朗読し、生卵の洗礼を受け「助けてください!」と絶叫した。

「バレー部は人間ピラミッドやるそうです」

そんな安易な芸で七百匹の山猿が納得するわけがない。

「剣道部は一年生三人しかいないので、二人羽織とけん玉だそうです」

殺される。集中砲火だ。

「だから俺らはカラオケで『リンダリンダ』歌いながらドリブルでも……」

「それ、面白いと思ってんのが?」

真顔で尋ねると一年生は黙って俯《うつむ》いてしまった。

「本気でウケると思ってんのが?」

「どうせ何やってもウケねえべ!」食い気味で、三浦というチビが嚙《か》みついてきた。涙目で。

確かにその通りだ。七百人の審査員は芸を評価する気など毛頭ない。いかに野次を飛ばすか。どのタイミングで卵を投げつけるかで頭いっぱいだ。後夜祭のステージに立つ、それはつまり晒《さら》し者になること。よっぽどのドMでない限り耐えられる空気ではない。だったらなるべく早い段階で「僕ら所詮つまんない人間なんで、このへんで勘弁してください」オーラを発したほうが傷は浅くて済むというもの。

「それに……」三浦が言いにくそうに言葉を発した。

「か、彼女が友達連れて見に来るんです、後夜祭」

残り八人中四人の視線が三浦に集中した。あとの四人は我がことのようにため息をつく。これで九人中五人が彼女アリという事実が判明したわけだ。マジかよ。一年生のくせに、チビとニキビと天パーのくせに、お盛んですこと！ どうせブスだろうけど。

「彼女の前で自分……恥かきたくねっす！ いいとこ見せらんないなら、悪いとこも見せたくねえっす！」

「わかった、もういい、何も言うな」精一杯先輩っぽく、俺は後輩たちの肩を順番に叩いた。

もしあの夜、仙台で年上の彼女とうまくいっていたら？ もし彼女が後夜祭のギャラリーにいたら？ そんな悲しい想像をしながら。そう、早瀬ミカは後夜祭に来ない。いいところも悪いところも見てはもらえないんだ。

「リンダリンダでドリブル。やればいい。だけど、それでヤツら、七百匹の山猿が納得しないことは、おまえらも知っているはずだ。ヤツらは罵声を浴びせ、ものを投げつけ、こう叫ぶだろう。『キャプテン誰だ!? キャプテン出て来い! キャプテンが責任とれ!』と」

ハッとして一年生九人が僕を見た。今にも泣き出しそうな顔だ。たっぷりと間を空けて、僕は叫んだ。

「だったら最初からキャプテンが行く!」

「え?」

「俺がやる。バスケ部を代表して、出し物は俺がひとりでやる。お前らは何もしなくていい」

予想外の展開に戸惑い、顔を見合わせる九人。慈悲深い笑顔を作り、僕は何度も頷《うなず》いた。

「……くんちゃん先輩」伊藤が呟いた。

「なんか今……初めてキャプテンらしいと思いました」

「んだんだ、頼もしがったぞキャプテン!」白鳥《しらとり》が続いた。それを合図に九人が立ち上がり、スクールウォーズの名場面さながらぐいぐい顔を近づけて来た。

「さすがキャプテンだ」

「俺らくんちゃん先輩をキャプテンどして認めます!」

できればバスケで認められたかったが、しばらくは下級生に慕われる悦《よろこ》びに浸ることができた。

キャプテン！　キャプテン！　きゃぷてん！

ウザくなってきた。中には「キャップ！」と呼ぶ者まで現れた。俺は『スターどっきり㊙報告』の小野ヤスシか！　と言いかけて、噛みそうなのでやめた。そして次第に、というか急激に不安に襲われた。

どうする？

後輩たちの手前カッコつけたが無論ヴィジョンはない。

気がつくと僕は自転車をこぎ、いつもの川原に座ってゆれる川面を眺めていた。

どうするキャップ？

本当にひとりでやるのか？　ウケている自分が想像できない。卵まみれの、パン粉つける前の揚げ物みたいな自分なら容易に想像できるのに。

急にションベンがしたくなって土手を降りる。茂みに入ってベルトを外し考えた。

どうすんのよ⁉

ダメもとで菊ちゃんやサッサンに相談するか？　また三人でコントやるか。無理だ。

他校の生徒を巻き添えにはできない。無理心中は良くない。やっぱピン芸で公開処刑なのか……。

「ぺにすけ〜〜す」

どこからともなく声がして振り返る。

「ぺにすけ〜〜〜〜す」

誰もいない。風で茂みが揺れていた。幻聴か。

「ペニスケースだ」

驚いてションベンが止まった。これはもしや……フィールド・オブ・ドリームス現象では⁉

「ペニスケースを作ればヤツがくる」

四度目にしてやっと見当がついた。聞き覚えのある、ムダに通る美声、まさか……。

「違うよ」

「違わない！　白鳥おじさんでしょう！」

「やべっ！」

茂みをかき分ける、しかし声の主は姿を現さない。僕は走った。ケヴィン・コスナー並みに。走った。が、わりとすぐ歩いた。そして立ち止まった。なぜだかよくわからない。単に疲れただけかもしれない。あるいは、もうおじさんに頼るのはやめよう、自分で何とかしようと思ったのかもしれない。白鳥おじさんからの卒業。今のは幻聴だ、そうに違いないと自分に言い聞かせ、僕は川原をあとにした。幻聴が淋しそうに語りかけて来た。

「ペニ…ヶ…スを……れば」

僕はもう振り返らなかった。

⑨

「しゅん坊、しゅん坊」心地よい振動と母の声で目が覚めた。

「起ぎらいんしゅん坊、四時でがすと」

「なんで……四時に……起こす……かなあ」

「文化祭だすぺ、歩いで学校さ行くんだすぺ」

わっ！と叫んで僕は飛び起きた。枕元のネタ帖《ちょう》を鞄《かばん》にしまい、階段を駆け下り居間へ向かう。テーブルに弁当を置きながら母ちゃんが話しかけてくる。

「知ってだ？中学校さ、まだ空巣入ったんだど」

「マジで⁉」そう答えながら僕は手ぬぐいをベルトに引っかける。

「今度は資料室だど、白鳥の剝製《はくせい》が盗まれだんだど」

探りを入れるように母ちゃんが僕の顔を覗き込む。面倒なので目を逸《そ》らし、玄関に降りた。

「しゅん坊、あんた、まだあの……白鳥おじさんと遊んでるの？」

「行ってきまあす！」

下駄の鼻緒に足を引っかけ前のめりに飛び出す。そして庭先に隠しておいたモルテン製の、バスケットボールが三つ入るボールバッグを担いで僕は家を出た。

カランコロンカラン。アスファルトに下駄の当たる音がリズミカルに響く。夜明け前、一年生は汗をぶっ垂らし十メートルの竹筒を担いで歩く。学校へ向かう長い道のりを、僕は最後尾でネタ帖のページをめくりながら歩いた。

とりあえず漫談でいくことにした。百パーセント下ネタの。男子高校生七百人を前に他に何をやれと言うんだ。それがこの二週間で自分なりに出した答えだ。

スタンダップコメディ。

男性器と女性器の立ち話。

コンセプトは決まった。僕は図書室へ通いつめ、日本各地の男性器&女性器の呼び名を徹底的に調べた。その真剣さと粘り強さを受験勉強に活かしたら現役合格間違いナシだ。そして睡眠時間を削って、オールナイトにハガキを出すのも休んでネタを書いた。

そして迎えた決戦の日。文化祭最終日。僕はバスケ部の部室に籠《こも》っている。やるべきことはすべてやった。模擬店やお化け屋敷やカラオケ大会の誘いをすべて断った。バンドには誘われもしなかった。しょうがない。モテる目的でバンドを組むような連中にとって、僕は明らかに戦力外なのだから。

とにかく、持てる力のすべてを後夜祭にぶつける。僕の文化祭はまだ始まってもいなかった。

渡り廊下を歩く足音が聞こえる。全校生徒が校庭に向かっている。後夜祭の特設ステージ。僕の戦場だ。

なぜ戦うのか。僕は自問自答した。これほどの情熱がどこから来るのか、自分でもわからない。ウケる可能性は限りなくゼロ。罵声と鶏卵が飛び交う戦場に、なぜ自ら進んで乗り込むのか。

下級生を守るため？ 実際、バスケ部以外の各部は一年生が出るらしい。二年で出るのは僕だけだ。ヒロイックな気分も多少はある。だが、それだけじゃない。

人気者になりたいのか？ それは結果であって目的ではない。ウケるとかウケないとか、極限状態の今となってはどうでも良い。もっと大きな、そして小さな戦い。もっとモヤぁっとした……そう！ モヤぁっとした気分との戦いだ。宮城というモヤぁっとした県の片隅で、不良でも秀才でもスポーツマンでもハンサムでもブサイクでも貧乏でも金持ちでもないモヤぁっとした男子高校生が、いつもお腹がモヤぁっと痛苦しい十二指腸潰瘍《かいよう》の十七歳が、モヤぁっとした霧の向こうにあるパリッとした何かを摑《つか》み取るための戦い。

「押ぉ～～～～～～～～～忍！」

スピーカーから生徒会長の声が聞こえる。

「エー、今年の後夜祭はぁ、各部活動の連帯とぉ、意識向上を目指しぃ、一部一芸という趣向を……」

モヤぁっとした趣旨説明だ。俺は戦う。♪7DAYS WAR戦～うよ。こんな時に限ってぜんぜん好きじゃないTMネットワークの歌が頭の中でリフレインする。♪7DAYS WARときど～き、ぼくら～は……好きじゃないから後半『建もの探訪』のオープニング曲だ。

一年の三浦が呼びに来た。

「くんちゃん先輩、そろそろ校庭に……!!」

ドアの前で三浦は絶句した。無理もない。キャプテンが薄暗い部室の中、すっ裸でパイプ椅子に座り沈思黙考しているのだから。そう、数時間前から僕は全裸で自問自答していたのだ。

「……裸で出るのすか？」

答える代わりに僕はマイルドセブンに火を点ける。

「俺の……バスケ部の出番は？」

「はい。野球部、バドミントン部、剣道部、柔道部、バレー部の次です」

「つまんねえーぞ!」「死ねえ!」「帰れえ!」

校庭から山猿たちの怒号が聞こえて来る。

「始まりましたね」三浦の顔が強ばる。

「野球部は一世風靡《ふうび》セピアです」

言われてみれば「そいや、そいや」という、蚊の鳴くような声が聞こえて来る。

「今年の三年生は卵だけでなくキャベツや小麦粉も用意してるらしいッス」

お好み焼きか。武者震いがした。

「で、ほんとに裸で出るのすか?」

「三浦、俺が合図したら、これを流してくれ、A面だ」カセットテープを三浦に差し出した。緊張が伝染したのか、三浦の手は震えていた。震える手から震える手へ。カセットテープが床に落ちて乾いた音を立てた。沈黙。怒号と冷笑だけが遠く聞こえる。

「さて……着替えるか」

縮み上がったチンコを指で弾き、僕はモルテンのボールバッグのファスナーを開けて逆さまにした。ゴロンと白い塊が転げ落ちる。「え!?」三浦が驚きの声を上げた。

それは白鳥の死体(剝製)だった。

⑨

予想通りバレー部の人間ピラミッドは悲惨な結果に終わった。標的が大きいぶん、卵が三割増で飛んで来た。舞台上はまさしく巨大なお好み焼きの鉄板状態、卵とキャベツと粉でヌメヌメしている。

「次ぃ、バスケット部〜」

生徒会長のぞんざいな紹介で僕は階段を登る。体に羽織ったアシックスのベンチコートの下で、腋の下から冷や汗がツツーッと流れた。お好み焼きの生地に足を取られないよう、慎重な足取りで舞台中央のマイクの前に立った。七百人が好奇の目で僕を睨《にら》む。

「誰だおめえっ!」

早くも野次が飛んだ。うわあ、想像以上のアウェイ感。四面楚歌《そか》。バックネットに寄りかかった不良三年生が、早くも卵を弄《もてあそ》び始める。空瓶や一斗缶、威嚇のつもりなのかスパナを握っている者もいる。怖っ。そんなの投げ込まれたら死ぬ。目を合わせないよう視線を上げると、セックスラーメンことパンダ屋夫妻が二階の窓から缶チューハイ片手に見物している。今日はセックス前だろうか後だろうか。こんなに近いのに遠いセックス。人はみなセックスで生まれる。目の前の、眉間に皺《しわ》で僕を睨んでいる七百人のギャラリーも七百回のセックスの結果に過ぎない。そう考えたら少しだけ、ほんの一ミリだけ気が楽になった。

今だ。行け俺っ! モヤぁっとした霧の向こうに飛び出すんだ!

飛べっ!

「押《お》ぉ～～～～～～～～～～～～～～～～～～忍《す》まんこ！」

七百人が呆気《あっけ》に取られる中、マイクがハウるのも恐れず僕は絶叫した。

「堅い堅いよ月高生！　どいつもこいつもカチンカチンのチンコみてえな顔しやがって！　先輩が『押～忍まんこ！』って言ったら『ちんこギンギンぼっきんガム宮殿！』って返さなきゃダメだべっ！」

「ぶはははは」

パンダ屋のご主人の笑い声が七百人の頭上を通って僕に届いた。つられて七、八人が乾いた笑い声を上げた。

「何がおかしい！　真剣にやれっ！」

笑顔が伝染する。十人、二十人、五十人、百人。強面《こわもて》の先輩たちが貧乏ゆすりを止めポカンとしている。僕はマイクをスタンドから外して上手側に移動し、一年生の集団を見下ろして、さらにテンションを上げた。

「押忍まんこ！」

「………」

「聞こえねえっ！　押忍まんこ！」

「ちんこぎんぎん、ぼっきんがむ宮殿」

コール＆レスポンスを強要され、照れ笑いを浮かべる下級生。その調子で二年生、三

「押忍まんこ！」「ちんこぎんぎん、ぼっきんがむ宮殿」「もっと！　押忍まんこ！」年生と煽《あお》る。

「ちんこぎんぎん、ぼっきんがむ宮殿！」

同級生は驚きを隠せない。学年でも決して目立つ存在じゃない僕が、対面式で晒し者にされた僕が、尋常じゃないテンションで、しかも淫語で、上級生を恫喝《どうかつ》しているのだ。

「聞こえねえっ！　この赤キンタマ山猿野郎がっ！　はい押忍まんこ！」

ヒロアキもかずんも、前バスケ部キャプテン清水も笑っている。最初は珍しい生き物を見るような目で見ていた三年生も笑ってる。

「ちんこギンギンぼっきんがむきゅーでーんっ！」

「じゃあ最後に教師陣！　行ぐど！　押忍まんこ！」

応えたのは生物担当ブースカ先生ひとりだった。

「ちんこびんびん、もっきんはむ、きゅうでん」

さすがブースカ、自分の役割をわかってる。

「よおし温まって来た！　行ぐべぃ！」

僕はベンチコートを脱ぎ捨てた。七百人が目を見開き呼吸を止める。

ベンチコートの下はほぼ全裸状態だった。もちろん股間は隠れている。白鳥の死体で。剝製の白鳥をチンコにくくりつけ、頭部をペニスケースのように凧糸で持ち上げ、自分の首に固定した状態。ステージセンターに仁王立ちして、矢沢永吉のように指を扇みたいな、変な形にして舞台袖の三浦に合図を出した。……ん？　音が出ない。舞台袖の三浦を見る。忍者座りで待機する三浦。「三浦！　曲！　曲！」祈るような気持ちで手を振り続ける僕。やっと気づいた三浦は誤って早送りボタンを押したりしつつ、どうにかテープを再生した。曲が流れる。つま先でステップを踏む。白鳥の頭が揺れる。面白いように上下に揺れる。

ビデオの一時停止ボタンを解除したように、びっくり顔の七百人が一斉に動き出す。全校生徒がもんどりうって笑い始めた。爆笑。これこそ爆笑だと、その時思った。

ドドドドドドーッ！

本物の爆笑は地響きを伴うのだと初めて知った。三年生の不良たちが舞台前面に押しかける。

「♪の〜ってくれ」「あーは！」

えんじ色の手ぬぐいが宙に舞う。七百人の敵を力技で味方につけた瞬間だ。気持ちいい。

「♪ろーくんロールナイト」「あーは！」

手ぬぐいが舞う。セックスなんかよりぜんぜん気持ちいい。セックス途中までしかしたことないけど。クリトリスの位置も知らないけど。

「♪ク～リトリス」「こーこ！」

股間を指差す。ドドドドドーッ！

僕の頭上を季節外れの、おそらく今年一番乗りの白鳥が飛んでいた。もう秋だ。それが過ぎたら冬だもんなあ。四日前、中学に忍び込んで資料室から剝製を持ち出した夜はもう肌寒かったっけ。あーあ。停学かな俺。ひょこひょこ踊りながら僕は心の中で呟いた。

卒業したら東京行って、大人計画に入ろう。

嘘です。大人計画の旗揚げは、僕が白鳥ペニスケースで舞い踊った翌年、一九八八年だそうです。

ちなみに一部一芸システムはこの一九八七年の一度きりで廃止されてしまった。一九八八年の、僕にとって三度目の後夜祭では、その時間はまるまる僕の単独ライブに充てられたのだ。ダンス～コント～漫談の三部構成のステージは大いにウケたが、雨天のため体育館で行われ、しかも最初から歓迎ムードだったので、高二の後夜祭ほどの強烈な印象は無い。

話が逸れた。正確にはあの時「ワハハ本舗に入ろう」と思ったのだ。『宝島』のカルチャーページで、写真でしか見たことないワハハ本舗。高田文夫先生が何かの雑誌で取り上げていたワハハ本舗に入ろう。そう心に誓って僕は猛勉強を開始した。親を納得させつつ上京するには進学という選択肢しか無かった。一九八九年、なんとか日大芸術学部に合格した僕は上京後すぐ『平成モンド兄弟』のライブに衝撃を受ける。そして村松利史氏のプロデュースする『神のようにだまして』という芝居にボランティアスタッフとして参加、その稽古中に二十歳の誕生日を迎えた。

当時の僕は大学の軽音楽部で『鬼ごろし』という名のパンクバンドを結成し、あっという間に解散して『こおろぎ』というもっとパンクなバンドを組んだばかり。人生で一番とんがってた時期で、なおかつ、まだ童貞だった。大学へはほとんど行かず、住宅街の地下にあるワハハ本舗の稽古場の片隅で、チンコの張り型や神様の頭上に浮かぶ天使の輪といった小道具を作り続けた。

「宮藤ちゃん、このマネキン、金色に塗ってくれる?」

舞台監督の伊達さんの指示で、僕は金色のラッカーをマネキンに吹きつけた。たちまち稽古場にシンナー臭が充満する。

「それ、外でやってくれる?」

言われるがまま、マネキンを抱えて地上に出た。タバコを一本吸ってから、再びラッカーを吹きつける。ムラがないように丁寧に塗装し、そしてもう一本、タバコをくわえ火を点け、少し離れて改めてマネキンを眺めた。

何かが足りない。台本によると、クライマックスのオブジェとして登場する金色のマネキンなのだが、それにしては素人の僕が見ても装飾が足りない。特に下半身のあたりが寂しい。なんだろう。

「ペニスケースだよ」

白鳥おじさんの声が聞こえた。しまった。シンナーのせいで幻聴を聞いてしまったか。

「ペニスケースじゃないかな」

幻聴ではなかった。振り返ると顔色の悪い、くしゃくしゃのお兄さんが立っていた。それがこの『神のようにだまして』という芝居の脚本を担当し、なおかつ俳優として出演もしている方だと、僕は数日前に小耳にはさんだばかりだった。

その人……松尾スズキさんは、面倒くさそうにポケットからタバコを取出し、面倒くさそうに火を点けて面倒くさそうに煙を吐いた。

沈黙。気まずい。何か喋るべきかな。

台本めちゃめちゃ面白いです。そう言いかけてやめた。石より硬い童貞パンクスの自意識がその言葉を飲み込んでしまったのだ。俺ごときが、どこの馬の骨かわからないボランティアスタッフがそんなこと言っても薄気味悪いだけだ。

実際、松尾さんの台本は面白かった。

その内容もさることながら、原稿用紙の上を踊るように配置された丸い文字が印象的だった（当時はまだ手書きだった）。『うへっ』という文字から「うへっ」という声が聞こえてきそうな、まさに肉筆。カッコいい。日本語の読めない外国人が見ても、そこに面白いことが書いてあると伝わるだろう。

そして、当時の僕は薄気味悪かった。

今と同じ身長で、体重が五十二キロしか無かった。栄養失調寸前。髪も髭《ひげ》も伸ばし放題。それがロックでカッコいいと当時は思っていた。端から見たらリアルどくだみ荘なのに。

長い沈黙。ラッカーが乾くのをじっと待つ僕。

松尾さんの手が、せわしなく動いている。

「きみはさあ」

「……」

「きみは、なにがやりたいの？」

今、ここには僕と金色のマネキンしかいない。松尾さんがラリってなければ、その質問はマネキンではなく僕に投げかけられているはずだ。

なんでもやりたいです。

それが偽らざる僕の本音だ。俳優になりたい、脚本も書きたい。バンドもやりたい作詞も作曲もしたい。アイドルのプロデュースだけは絶対やりたい。メンバーのひとりと熱愛したい。で、最終的には秋元康になりたい……なんてとても言えない。口にするのも憚《はばか》られる節操の無さ。浅はかな野望。

「なにかやりたくて、応募してきたんでしょう?」

口から出たのは、こんな驚くべきフレーズだった。

「べつに」

最悪だ。ワンショルダーの豹柄のワンピースでも着て、頭にデカいサングラスでも乗せてたらサマになったかも知れないが、その日の僕は膝《ひざ》がバックリ破けたジーパンに雪駄。ピストルズのTシャツはペンキやラッカー塗料で汚れ放題。ツンデレ気取る値打ちもないのに。

「ふーん」

とても短い、タバコ一本ぶんのオーディションが終了。松尾さんは面倒くさそうに地下の稽古場へと降りて行き、僕は作業に戻った。

翌年の春、僕は大人計画の演出助手になった。

薄汚く礼儀をわきまえない僕が松尾さんに拾われ、そして現在に至る。乱暴に締めくくるとそういうこと。

あれから今年で十八年。僕はいろんな舞台に立ち、いろんな役を演じた。どれも精一杯やったつもりだ。

しかし二十二年前の、あの後夜祭のステージ、童貞だった僕が「セックスより気持ちいい！」と断言した、あの快感を超えるものは、残念ながらまだ経験していない。

二〇〇九年現在、僕はまだ童貞だ。

（了）

いしいーっ
わワン
わワン

持ち

十三年目の約束

石田衣良

あれは『池袋ウエストゲートパーク』の連続ドラマの打ち上げのときだから、もう十三年も昔の話になる。会場になったホテルメトロポリタンの宴会場で、ぼくは宮藤官九郎さんと初めて会った。宮藤さんは美大の留年生か、売れないバンドマンみたいな雰囲気で、頭をかきながらぼくにいった。

「こんなのが書いていて、すみません」

いやいや、とてもおもしろい脚本だった。テンポがよくて、すごく笑わせてもらった。そんな返事をしたと思う。宮藤さんにとっては初の連続ドラマ脚本だったし、ぼくも『池袋』がデビュー作だったのだ。ふたりとも若かった。懐かしいなあ。

しばらく話をしていて、宮藤さんにいった。

「あのさ、宮藤さんも小説書いてみたら。絶対いけると思うよ」

そのころぼくは自分が簡単にデビューできて、書き続けられるものだから、案外誰でも作家になれると思っていた。だって、ぼくはほんとに普通なのだ。とくにがんばった記憶もない（今ではぜんぜん違うけど）。だから仕事で出会う人で、この人いけるなと感じると、小説書きなよと気軽に勧めていた。あんなの、書けば、書けるじゃん。

宮藤さんは元気のない感じで、あやふやに笑っていたと記憶している。

それを見ていたぼくは、いつかきっと小説書くんだろうな、と勝手に思っていた。

そうして今、ぼくの手元には宮藤官九郎の初小説『きみは白鳥の死体を踏んだことがあるか（下駄で）』がある（以下、書名が長すぎるので、『きみ白（下駄）』と略すことにする、なんとなく下駄は重要な気がするので、そこは略しません）。

今回、この作品が文春文庫にはいることが決まって、ぼくが解説を書くのは、いってみれば十三年まえから決まっていたことなのだ。


小説を書くにはいくつか必要な条件がある。

脚本家はその点では最初から有利なのだ。まず、だらだらと机にむかう忍耐力が最初から備わっている。登場人物のキャラクターを明確につくれる。脇役まで記憶に残るのがいい脚本の条件だ。当然、会話を書くのは得意だろう（下手な人もいるけど）。プロットの構成力では、脚本家はもしかしたら小説家より巧いかもしれない。きちんとハコを組んでいる作家は、ほとんどいないはずだ（小説家はあまり緻密な頭脳はもっていない）。さて残るのは地の文章と、その描写力くらいだ。それは脚本にはないものなので、試してみるまではわからない。

宮藤さんの場合、最後の描写力以外は文句なしだった。しかも、落語家がフラと呼ぶ、受け手の注目を嫌でも集める抜群の華やかさとセンスがある。

今では、あまり人に小説でも書きなよとは簡単に勧めないけれど、宮藤さんの場合、ぼくの勧誘は間違いなかったと思う。それは痛快な青春小説である『きみ白（下駄）』を読めばよくわかる。ここにはデビュー作特有のキラメキが満ちあふれているのだ。

『きみ白（下駄）』は、どんな作家でも一度きりしか書けない青春の（危機をくぐり抜ける）物語である。本来、生まれるべきでない場所に生まれたセンスのいい少年が、さまざまな葛藤を経て、のびのびと生きていける自分の居場所を見つけるまでの貴種流離譚だ。

葛藤の原因は二重化されている。地元（GMT！）VS東京と童貞非モテ系VS非童貞モテ系である。考えてみると明治以降に書かれた青春小説の九十パーセントは、深刻か軽快かとトーンは違っても、この主題を基に創作されている。恋と出世が近代日本のメインテーマで、ずばり青春小説の王道なのだ。

童貞問題はリーマン予想や暗黒物質とならんで、かつて男子高校生であった読者なら誰にでも納得できるように、間違いなく宇宙の謎の根幹にかかわるアポリアだ。親友に身長一五〇センチの暗いおばさんに似たガールフレンドができる、京都で見かけた美少女と一対多の無茶な文通をする、四角い顔の歯医者の娘を別な相手だと信じて電話だけで好きになる、松本小雪似の男好きな年上に童貞を奪われそうになる。腹を抱えて笑えるエピソードが満載だ。笑いが静まるとあのころを思いだして、誰もが遠い目をするだろう。そう、あのころの未来を、ぼくたちは生きている。もう童貞ではなくなったけれど、童貞ってよかったなあ。あんなに音楽が身に染みた時代は、二度ともどってこない。

解説からのんびり立ち読みしていないで、すぐにレジにこの本をもっていき、読み始めたほうがきっとたのしいはずだ。本来、この小説は解説を必要としない、数すくない痛快青春物語だ。ということは、この作品が小説として成功しているという意味でもある。

あの時代の切なさを真空パックのように封じこめているのだから。

宮藤さんは文化的小道具のつかいかたがいつだってうまい。その時代の空気感をまざまざと感じさせてくれるセレクトなのだ。例えば雑誌『スコラ』『GORO』、洋楽ならプリンスとシーラ・E、日本のロックならラフィンノーズやルースターズ、AV女優なら愛染恭子とトレーシー・ローズといった具合だ。どれも時代を映して、そこがツボというあたりを痛痒く押さえてくる。

なかでもぼくが『きみ白（下駄）』を読んで胸を刺されたのは、木曜日の『ビートたけしのオールナイトニッポン』である。テープに録音はしていなかったけれど、ぼくも毎週欠かさずあの深夜放送はきいていた。ぼくと宮藤さんはちょうど十歳違うのだけれど、あの時代の「反抗する少年文化圏」をほぼ同じくしていた。いつかコメディアンになりたいなと、ぼくも真剣に考えていたのである。それが無理なら、ラジオのDJか、書評家がいいなあ。それがぼくの高校時代になりたかった三大職業である。

どうして脚本家と小説家と道が分かれたのだろうと、『きみ白（下駄）』の読後しばらく真剣に考えてみた。分岐点はやはりゲーリー・ムーアとリー・リトナーの選択で、ぼくがナンパなリトナーを選んだせいかもしれない。ブルースやパンクの代わりに、フュージョンやブラックミュージックを選ぶと、どうしても童貞度は低下してしまう。きっとそれがいけなかったのだ。あとは東京生まれなので、ぬるま湯につかったまま恐ろしくも魅力的な板（ステージ）を踏むことができなかったせいもある。別にいいんだけどね。

それ以外にも人が直接発する熱が苦手か、どうかという問題もあるのだろう。ぼくは演劇やライブは苦手で、映画やレコードのほうが好きだった。目のまえで生きている人の熱が耐えがたいのだ。死んだ作家や音楽家は、みなすっきりときれいなものだ。宮藤さんは『きみ白（下駄）』のラストシーンで小劇団のボランティアスタッフになった、その後の男子大学生を描いている。人を信じられる宮藤さんだから、無心で演劇の世界に飛びこめた。同じ人への信頼感が今期人気のドラマ『あまちゃん』の終盤に、隠すこともなくあらわれている。ヒロインは東日本大震災後の地元（重ねてGMT）に、自らの意思ですぐに帰還を果たすのだ。

と、もっともらしいことを書いたけれど、ぼくはあのドラマ一回しか見ていない。正確には十分足らず。こんなことを正直に告白しても、おたがい忙しいから宮藤さんは別に肩をすくめるだけだろう。朝ドラを見るのって、業界の人にはたいへんだから。

宮藤さん、小説デビュー、おめでとう。たっぷり楽しませてもらった。つぎのリクエストは上京後のリアルな非童貞化プロジェクトと脚本執筆の苦闘の物語です。

では、運が良ければ、どこかでまた会いましょう。

（作家）

本文イラストレーション　皆川猿時

単行本　二〇〇九年十月　太田出版刊

文春文庫

きみは白鳥《はくちょう》の死体《したい》を踏《ふ》んだことがあるか(下駄《げた》で)

定価はカバーに表示してあります

2013年11月10日　第1刷

著　者　宮藤官九郎《くどうかんくろう》
発行者　羽鳥好之
発行所　株式会社 文藝春秋

東京都千代田区紀尾井町 3-23　〒102-8008
TEL 03・3265・1211
文藝春秋ホームページ　http://www.bunshun.co.jp

落丁、乱丁本は、お手数ですが小社製作部宛お送り下さい。送料小社負担でお取替致します。

印刷製本・凸版印刷

Printed in Japan
ISBN978-4-16-781103-7

文春文庫　最新刊